AS MÁSCARAS
DO DESTINO

COLEÇÃO A OBRA-PRIMA DE CADA AUTOR

AS MÁSCARAS DO DESTINO

Florbela Espanca

2ª edição

MARTIN CLARET

© *Copyright* desta edição: Editora Martin Claret Ltda, 2016.

DIREÇÃO	Martin Claret
PRODUÇÃO EDITORIAL	Carolina Marani Lima Mayara Zucheli
PROJETO GRÁFICO	José Duarte T. de Castro
DIAGRAMAÇÃO	Giovana Gatti Leonardo
ILUSTRAÇÃO DE CAPA	Dandi
REVISÃO	Eliana Maria dos Santos Nakashima
IMPRESSÃO E ACABAMENTO	Renovagraf

Este livro segue o novo Acordo Ortográfico da Língua Portuguesa.

Dados Internacionais de Catalogação na Publicação (CIP)
(Câmara Brasileira do Livro, SP, Brasil)

Espanca, Florbela, 1894-1930.
  As máscaras do destino / Florbela Espanca. — 2. ed. — São Paulo: Martin Claret, 2016. — (Coleção a obra-prima de cada autor; 292)

"Texto integral"

ISBN 978-85-440-0113-4

1. Poesia portuguesa I. Título. II. Série.

15-11183   CDD-869. 3

Índices para catálogo sistemático:

1. Poesia: Literatura portuguesa   869. 3

EDITORA MARTIN CLARET LTDA.
Rua Alegrete, 62 – Bairro Sumaré – CEP: 01254-010 – São Paulo, SP
Tel.: (11) 3672-8144
www.martinclaret.com.br
1ª reimpressão – 2018

SUMÁRIO

Prefácio 7

AS MÁSCARAS DO DESTINO

Dedicatória 17
O aviador 19
A morta 27
Os mortos não voltam 37
O resto é perfume 49
A paixão de Manuel Garcia 59
O inventor 75
As orações de Sóror Maria da Pureza 89
O sobrenatural 101

PREFÁCIO

AS MÁSCARAS DRAMÁTICAS DA PROSA DE FLORBELA ESPANCA

FABIO MARIO DA SILVA[*]

Quando Apeles Espanca morreu em 4 de junho de 1927, num trágico (ou intencional?) acidente durante um voo de treino com um hidroavião,
Florbela Espanca apressou-se para publicar uma obra dedicada ao seu "querido irmão morto". Essa obra, As máscaras do destino, só será publicada após a morte da escritora, em dezembro de 1931, numa edição levada a cabo pelo prof. Guido Batelli. A temática da morte será o foco na maioria dos contos. O que constatamos é que a obra As máscaras do destino não é apenas uma homenagem a

---

[*] Mestre em Estudos Lusófonos e doutorando em Literatura pela Universidade de Évora, vem dedicando-se à pesquisa da obra de Florbela Espanca. Também é pesquisador do CNPq, com um projeto intitulado "Aproximações regionais: Alentejo Português e Nordeste Brasileiro — Florbela; romanceiros e romance sergipanos", sediado na Universidade Federal de Sergipe, sob a orientação da professora doutora Maria Lúcia Dal Farra. Atualmente é professor convidado da Universidade de Varsóvia (Polônia), onde ministrou aulas de Literatura Brasileira, Portuguesa e Africana em Língua Portuguesa.

Apeles: a tragicidade da morte de seu irmão é também a inspiradora da obra.

"O aviador", o primeiro conto desta obra, trata em termos mitológicos a morte desse aviador, por meio do recurso ao maravilhoso grego, numa cena em que filhas dos deuses, ondinas, sereias, nereidas e princesas encantadas contemplam a beleza daquele que foi um filho dos homens e "ficou a dormir na eternidade como se fora um filho dos deuses". O conto tem o compromisso de divinizar essa morte, de criar cenários ordenados de brilhos e cores, numa prosa poética, com alguns componentes sensuais, seja pelas características das personagens-divindades que cercam o morto, seja pelas descrições de cariz erótico: "trazem nos seios nus a curva doce das ondas, no riso os misteriosos corais das profundidades".

Nos contos "A morta" e "Os mortos não voltam" é discutida a possibilidade do contato entre vivos e mortos; em ambos os textos há um casal separado pela morte, noivos que se procuram. Decerto estes contos seriam inspirados em Apeles Espanca e sua noiva amada, Maria Augusta Teixeira de Vasconcelos, que, separados pela morte, encontram-se, agora por intermédio de personagens literários, como a defunta de "A morta", lembrando-nos as temáticas dos contos de Edgar Allan Poe. Segundo Dal Farra, organizadora de *Afinado desconcerto*, de Florbela Espanca, podemos também notar no conto "O sobrenatural" um "certo timbre típico de Poe na descrição do espaço assustador". Porém, em "Os mortos não voltam", as características desta narrativa de cunho fantástico e assustador não prevalece.

Vale salientar que a epifania da Morte — da "minha Senhora Dona Morte"— faz-se presente também na lírica florbeliana. O encontro lúgubre, sedutor e funesto que, ao diluir-se em temáticas que retomam questões ligadas à angústia, adentra-se nas entrelinhas das obras de Florbela, representará não apenas as frustrações que a virada do século XIX trouxe aos homens, e que os poetas tão bem souberam expressar,[1] mas também um estado de alma individual da autora, fundada em suas experiências pessoais, como as que se refletem em *As máscaras do destino*. Essas "experiências pessoais" são projetadas — dentro de todo o fingimento e máscaras que compõem a literatura — no conto "O inventor", no qual se esboça uma biografia de Apeles.

Em "O resto é perfume...", a personagem protagonista é levada a refletir sobre a morte e a condição humana por meio dos ensinamentos de um louco, num cenário de fundo como o Alentejo, que é não só a maior região de Portugal, mas também, certamente, a que melhor condensa a beleza austera e rural do país. Uma beleza que através dos vastos campos dá a nítida impressão de liberdade, e, ao mesmo tempo, de vazio e solidão. Então, afigura-se-nos que essa mulher-protagonista e o louco, ao contemplarem esse território que às vezes se mostra inexplorado, buscam o reflexo de si mesmos na paisagem que os cerca. Como quem busca respostas para os grandes dilemas da vida: e eterna contradição (ou união?) entre a vida e a morte. Dal Farra tem uma interessante leitura deste conto:

> No contexto de *As máscaras do destino*, o conto "O resto é perfume..." se oferece para ser lido como a própria resposta que Florbela teria encontrado para poder sobreviver à morte de Apeles. De fato, ali se narra a iniciação de uma mulher nos segredos mais íntimos da natureza, a ponto

---

[1] Essa é a tese defendida por Hugo Friedrich ao afirmar que a angústia é um elemento obrigatório na poesia "moderna": "será difícil encontrar na lírica moderna um texto que, começando com a angústia, se libere dela". Ou seja, percebemos que a angústia não é só uma característica presente da poesia florbeliana, mas esse sentimento está fortemente inculcado em sua prosa. Segundo Friedrich, praticamente todos os autores desde a segunda metade do século XIX até aos meados do século XX expressariam a angústia, reflexo da modernidade poética.(*A Estrutura da lírica moderna*: da metade do século XIX a meados do século XX, trad. de Marise M. Curioni, São Paulo, Duas Cidades, 1978, p. 173.)

de entender a vida por meio da morte, ou seja, a ponto de compreender na vida o papel que nela desempenham os mortos, sabedoria que lhe é ministrada por um louco, e que é compartilhada por santos, filósofos, profetas, artistas e iluminados — gente, como se vê, banida da sociedade, situada na marginália.[2]

Efetivamente, os contos que melhor expressam um certo *spleen* são "A paixão de Manuel Garcia" e "As orações de Sóror Maria da Pureza", refletindo "estados de alma", bem à maneira neorromântica. O amor impossível, a morte, o sofrimento, retomam temas recorrentes à queda de um sonho, metaforizando o desengano, a paixão adolescente, de conotações dolorosas, decadentes e de visão imagística. Decerto estes dois contos são os que melhor expressam a condição neorromântica[3] da produção florbeliana.

---

[2] Maria Lúcia Dal Farra, "Estudo introdutório, apresentações, organização e notas", in ESPANCA, Florbela, *Afinado desconcerto*, São Paulo, Iluminuras, 2002, p. 93.

[3] Apesar de a informação disponibilizada no *site* do Instituto Camões (http://www.instituto-camoes.pt/cvc/literatura/simbolismo.htm) — pesquisa realizada em 14/10/2006 — integrar a poética florbeliana como pertencente à escola literária simbolista, notamos que muitos críticos colocam sua poesia em várias correntes literárias. Concluímos, assim, que a obra de Florbela não está totalmente enquadrada em nenhuma escola literária. Porém, a escola a que mais recorrentemente as Histórias da Literatura Portuguesa associam Florbela é o neorromantismo. Faz Seabra Pereira a seguinte afirmação (referindo-se apenas à poesia de Florbela, que podemos, porém, considerar extensiva aos contos, principalmente os seguintes: "A Paixão de Manuel Garcia" e "As orações de Sóror Maria da Pureza"): "recontextualiza e especifica, em função de mais restritas motivações ideológicas, a condição primordial e paradigmática que a vida detivera nas concepções românticas; e, do mesmo modo, particulariza o gosto, generalizado em toda a restante poesia neorromântica, de celebrar tudo o que se move e evoluciona por uma energia interior ou o sentimento eufórico do ser que compartilha com a natureza prolífica". (*O Neorromantismo na poesia portuguesa*, tese de doutoramento, Coimbra, Universidade de Coimbra, 1999, p. 679).

Compreendemos que a obra *As máscaras do destino* representa não só uma devida homenagem a Apeles Espanca, mas integra na obra florbeliana um novo desejo da autora, que agora se aventura pelo mundo dos contos. Esses contos carregam em sua escrita características próprias e identificativas, pois "a combinação de dados biográfico-escriturais torna possível ler os traços (resíduos) disseminados do desejo que vão retornando nas marcas do estilo".[4]

Certamente, se não fosse sua morte prematura, Florbela dar-nos-ia, a leitores e críticos, uma vasta obra em prosa; por isso se faz necessário, para compreender seus últimos passos como escritora, conhecer como ela inicia suas produções contistas.

---

[4] Luzia Machado Ribeiro de Noronha, *Entrerretratos de Florbela Espanca: uma leitura biografemática*, São Paulo, Annablume/ Fapesp, 2001, p.19.

AS MÁSCARAS
DO DESTINO

> *Vários grãos de incenso, destinados a serem queimados, espalharam-se sobre o mesmo altar. Um caiu mais cedo, outro mais tarde; que lhes importa?*
>
> Marco Aurélio

Sobre uma pedra tumular ficaria bem esta sentença do mais poeta dos sábios, mas nada de firme, nada de eterno, se pode gravar nas ondas, e são elas a pedra do seu túmulo.

O grão de incenso que, sobre o altar, caiu mais cedo, ardeu mais cedo; foi apenas um grão de incenso entre o número infinito dos que hão de cair e arder, entre a imensidade de outros que já caíram, que já arderam; e o infinito desapego, o desesperante abandono, a imensa renúncia do símbolo faz tombar num gesto de resignação as minhas mãos crispadas, tapa-me a boca que quereria gritar, abafa-me os soluços e as blasfêmias na ansiosa expectativa do momento em que outro grão de incenso há de cair e arder...

Um caiu mais cedo, outro mais tarde; que lhes importa?

DEDICATÓRIA

A meu Irmão,
ao meu querido Morto

Quando há oito anos traçava com orgulho e ternura, na primeira página do meu primeiro livro, onde encerrara os sonhos da minha dolorosa mocidade, estas palavras de oferta:

A querida alma irmã da minha, ao meu Irmão, que voz de agouro, que voz de profecia teria segredado aos meus ouvidos surdos, à minha alma fechada às vozes que se não ouvem, estas palavras de pavor: Aquele que é igual a ti, de alma igual à tua, que é o melhor do teu orgulho e da tua fé, que é alto para te fazer erguer os olhos, moço para que a tua mocidade não trema de o ver partir um dia, bom e meigo para que vivas na ilusão bendita de teres um filho, forte e belo para te obrigar a encarar sorrindo as coisas vis e feias deste mundo, Aquele que é a parte de ti mesma que se realiza, Aquele que das mesmas entranhas foi nascido, que ao calor do mesmo amplexo foi gerado, Aquele que traz no rosto as linhas do teu rosto, nos olhos a água clara dos teus olhos, o teu Amigo, o teu Irmão, será em breve apenas uma sombra na tua sombra, uma onda a mais no meio doutras ondas, menos que um punhado de cinzas no côncavo das tuas mãos?!...

Que voz de agouro, que voz de profecia teria segredado aos meus ouvidos estas palavras de pavor?!

Ah, a miséria dos nossos ouvidos surdos, das nossas almas fechadas! *Les morts vont vite...*[1] Não é verdade! Não é verdade! Os mortos são na vida os nossos vivos, andam pelos nossos passos, trazemo-los ao colo pela vida fora e só morrem conosco. Mas eu não queria, não queria que o meu morto morresse comigo, não queria! E escrevi estas páginas...

Este livro é o livro de um Morto, este livro é o livro do meu Morto. Tudo quanto nele vibra de sutil e profundo, tudo quanto nele é alado, tudo que nas suas páginas é luminosa e exaltante emoção, todo o sonho que lá lhe pus, toda a espiritualidade de que o enchi, a beleza dolorosa que, pobrezinho e humilde, o eleva acima de tudo, as almas que criei e que dentro dele são gritos e soluços e amor, tudo é d'Ele, tudo é do meu Morto!

A sua sombra debruçou-se sobre o meu ombro, no silêncio das tardes e das noites, quando a minha cabeça se inclinava sobre o que escrevia; com a claridade dos seus olhos límpidos como nascentes de montanha, seguiu o esvoaçar da pena sobre o papel branco; com o seu sorriso um pouco doloroso, um pouco distraído, um pouco infantil, sublinhou a emoção da ideia, o ritmo da frase, a profundeza do pensamento.

Bastar-me-ia voltar a cabeça para o ver...

Este livro é de um Morto, este livro é do meu Morto. Que os vivos passem adiante...

Florbela Espanca

---

[1] Em francês: "Os mortos se vão rápido", isto é, os mortos são esquecidos com facilidade. (N. E.)

O AVIADOR

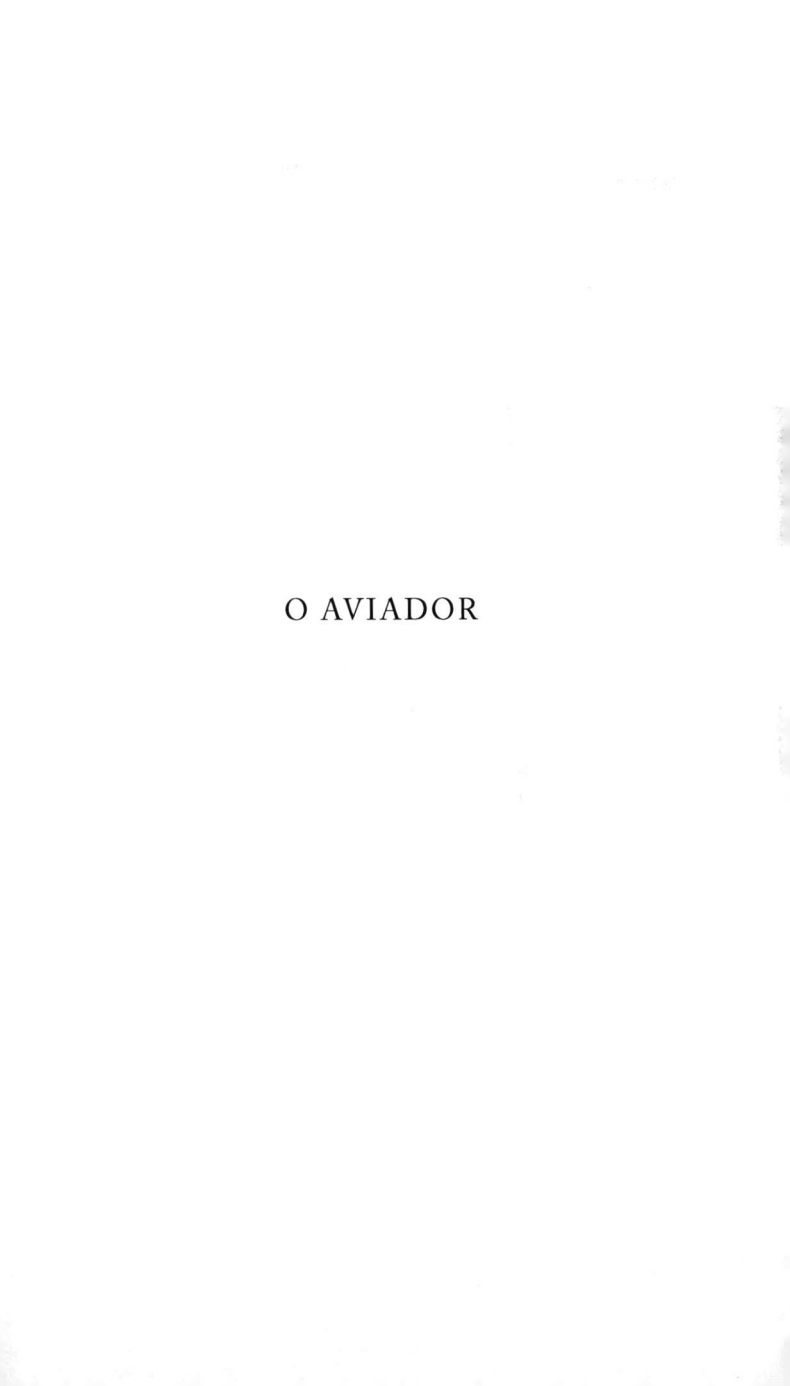

No veludo glauco do rio lateja fremente a carícia ardente do sol; as suas mãos douradas, como afiadas garras de ouro, amarfanham as ondas pequeninas, estorcendo-as voluptuosamente, fazendo-as arfar, suspirar, gemer como um infinito seio nu. Ao alto, os lenços claros, desdobrados, das gaivotas, dizendo adeus *aos que andam perdidos sobre as águas do mar...* Algumas velas no rio, manchazinhas de frescura no crepitar da fornalha. Mais nada.

Um óleo pintado a chamas por um pintor de gênio. As tintas flamejam, ainda úmidas: são borrões vermelhos as colinas em volta, dourado, o indistinto turbilhão da casaria ao longe.

A vida estremece apenas, pairando quase imóvel, numa agitação toda interior, condensada em si própria, extática e profunda. A vida, parada e recolhida, cria heróis nos imponderáveis fluidos da tarde.

Os homens, saindo de si, borboletas como salamandras que a chama não queimara, abrem os braços como asas... e pairam! Acima do óleo pintado a chamas por um pintor de gênio, ascende... o quê?! Outra gaivota?... Outra vela?... O sol debruça-se lá do alto e fica como uma criança que se esquecesse de brincar no trágico assombro do nunca visto! Outra gaivota?... Outra vela?...

Tudo em volta flameja. O pincel de gênio dá os últimos retoques ao cenário de epopeia. As tintas têm brilhos de esmaltes. São mais vermelhas as colinas agora, mais dourada a cidade distante.

Os filhos dos homens, cá embaixo, deixam cair nos campos a enxada que faz nascer o pão e florir as rosas; os pescadores largam os remos audaciosos, que rasgam os mares e os rios, e os filhos dos homens mais duramente castigados, os que habitam o formigueiro das cidades, param as suas insensatas correrias de formigas, e todos voltam a face para o céu.

O que anda sobre o rio? Outra gaivota?... Outra vela?...

Lá em cima, a formidável apoteose desdobra-se no meio do pasmo das coisas. É um homem! Um homem que tem asas! E as asas pairam, descem, rodopiam, ascendem de novo, giram, latejam, batem ao sol, mais ágeis e mais robustas, mais leves e mais possantes que as das águias!

É um homem! A face enérgica, vincada a cinzel, emerge, extraordinária de vida intensa, na indecisão dos contornos que lhe fazem, vagos e pálidos, um vago pano de fundo; a face e as mãos. É um Rembrandt pintado por um Titã.

Os músculos da face adivinham-se na força brutal das maxilas cerradas. Nos olhos leva visões que os filhos dos homens não conhecem. Os olhos dele não se veem; olham para dentro e para fora. São de pedra como os das estátuas, e veem mais e mais para além do que as míseras pupilas humanas. São astros.

É um homem! Deixou lá embaixo todo o fardo pesado e vil com que o carregaram ao nascer, deixou lá embaixo todas as algemas, todos os férreos grilhões que o prendiam, toda a suprema maldição de ter nascido homem; deixou lá embaixo a sua sacola de pedinte, o seu bordão de Judeu Errante, e livre, indômito, sereno, na sua mísera couraça de pano azul, estendeu em cruz os braços, que transformou em asas!

Não há uma sombra de nervosismo, uma crispação, naquele perfil de medalha florentina, naquela face moldada em bronze, um bronze pálido que lateja e vibra; não há uma ruga naquele olímpico modelo de estatuária antiga, recortado no ouro em fusão da tarde incendiada. O seu coração, ao alto, é mais uma onda do rio, embaladora, rítmica, na sensualidade da tarde; é uma voz que sussurra, que ele sente sussurrar em uníssono com outra voz que sussurra mais áspera, mais rude — a voz do coração de aço que, sob o esforço das suas mãos, palpita e responde.

O sol ascende mais ao alto, vai mais para além, tem agora um fulgor maior e, sobre o bronze vibrante das mãos triunfantes, vai pôr a mordedura da sua boca vermelha. São brutais aquelas mãos, formidáveis de esforço, assombrosas de vontade! Esqueceram as carícias e os beijos, o frêmito dos contatos inconfessáveis, o trêmulo tatear das carnes moças e cobiçadas; deixaram lá embaixo os gestos de doçura e piedade, o aroma das cabeleiras desatadas, a forma dos rostos desejados, moldados nas suas palmas nervosas; todas as posses onde se crisparam e os desejos para que se estenderam; perderam as curvas harmoniosas, a tepidez dolente e macia de preciosos instrumentos de amor. Contraíram-se em garras e, no alto, crispadas sobre a presa, são elas que algemam, são elas que escravizam, que subjugam as asas cativas!

E, lá no alto, o homem está contente. Como quem atira ao vento, num gesto de desdém, um punhado de pétalas, atira cá para baixo uns miseráveis restos de ouro que levou, do seu ouro de lembranças de que se tinha esquecido. O homem está contente.

E a apoteose continua. O pintor de gênio endoideceu. Atira sem cambiantes, sem sombras, sem esbatidos, traços como setas que se cravam. Arroja brutalmente todos os vermelhos e os ouros da sua paleta e pinta como quem esmaga, em gestos tumultuosos de demente. Donde vem tanto ouro? Prodígio! Miragem! Deslumbramento! Até as velas sangram e as asas, peneiradas de cinza, das gaivotas se encastoam de rutilantes pedrarias raras. É irisado agora o veludo glauco do rio; o sol atira-lhe, a rir, como um menino, pródigo e inconsciente, as suas últimas gemas. As colinas, em volta, são mãos abertas de assassino, e o casario, chapeado de luz, é um manto de púrpura rasgado, cujos farrapos vão prender-se ainda nas labaredas do horizonte a arder. O homem está contente. Atira as asas mais ao alto, escalando os cimos infinitos, já fora do mundo, na sensação maravilhosa e embriagadora de um ser que se ultrapassa! Sente-se um deus!... As mãos desenclavinham-se, desprendem-se-lhe da terra onde as tem presas um derradeiro fio de ouro... e cai na eternidade...

Tanto azul!... As filhas dos deuses, ondinas, sereias, nereidas, princesas encantadas, acodem pressurosas. Há um remoinho de cabeleiras de ouro; os braços são remos de marfim abrindo as águas. Trazem, nos seios nus a curva doce das ondas, no riso os misteriosos corais das profundidades. Arrastam mantos verdes tecidos de algas, como rendas, onde se prendem estrelas. Todo o luar prateado que à noite faz fulgir o rio, trazem-no em diadema nos cabelos.

Falam todas a um tempo: "Que foi?... Que aconteceu?..." e a fala é um arrepio de ondas...

Em volta das asas mortas, são como flores desfolhadas em redor de um esquife negro. E olham...

— É mais um filho dos homens? — pergunta uma, estendendo o braço como uma grinalda de açucenas.

Mas a de cabeleira mais fulva, onde o ouro foi mais pródigo e se aninhou mais vezes, respondeu num sussurro:

— Não. Não vês que tem asas?...

— É então um filho dos deuses? — pergunta outra.

— Não. Não vês que sorri?...

E cercam-no, contemplam-no, vão mais perto, quase lhe tocam...

Há um remoinho mais febril nas cabeleiras de ouro, gemem mais fundo, mais melodiosas, as vozes miudinhas, e os mantos, como serpentes, em curvas donairosas, enlaçam-se uns nos outros.

— Tem os cabelos negros como aquele que tombou no Mar do Norte...

A da cabeleira mais fulva, onde o ouro foi mais pródigo, se aninhou mais vezes, acerca-se ainda mais... estende o braço a medo... ousa tocar-lhe num gesto mais leve, mais brando que um suspiro... abre-lhe as pálpebras descidas, no ar recolhido de quem abre duas violetas...

Em volta, fremem mais fundo as ondas dos seios. As mãos abrem os dedos como faúlhas de estrelas. Uma lânguida sereia, divinamente branca, eleva o veludo branco dos braços como duas ânforas cheias.

— Que tem dentro? — pergunta Melusina.
— Estrelas? — diz uma filha de rei.
— Não; duas gotas de água, verdes, límpidas, translúcidas, serenas. Venham ver...

Num turbilhão, entrelaçando as rendas sutis dos mantos roçagantes, confundindo os raios de sol nascente das cabeleiras fulvas, debruçam-se todas e, no fundo, no seio translúcido das duas gotas de água, veem rodopiar as palhetas de ouro das cabeleiras de ouro, veem fulgir os raios luarentos dos diademas, e todas as gotas de água dos seus olhos vogam no fundo, como estrelinhas, tão límpidas, claras, serenas elas são.

Olham-se extáticas todas as deusas das águas. Faz-se mais brando o ciciar das vozes... Os gestos são finos como hálitos... os mantos verdes empalidecem, são cor das pupilas agora...

Uma segreda:
— Vamos deitá-lo lá no fundo, naquele leito de opalas irisadas que o mar do Oriente nos mandou...

Diz outra:
— Vamos pô-lo naquela urna de cristal que é como um túmulo aberto donde se avista o céu...
— Vamos envolvê-lo na mortalha daquele farrapo de luar de agosto que as ondas nos trouxeram da planície...
— murmura outra.

E há vozes, escorrendo como um óleo divino, que ciciam:

— Vamos espalhar sobre ele, como pétalas de ouro, os nossos cabelos loiros...

— Vamos selar-lhe a boca com o coral cor-de-rosa da nossa boca em flor...

— Demos-lhe, para ele descansar a cabeça, as brandas vagas dos nossos seios nus...

— Para o deitar, eu sei de um sítio onde desabrocham, entre espumas de neve, rosas mais pálidas que as que eu tinha no meu palácio distante — diz uma filha de rei.

— Eu sei de um túmulo de areia onde a areia é de prata...

— Eu descobri a gruta, toda em pérolas cor-de-rosa, onde fica a madrugada... As ondas ali não cantam, poderá dormir descansado...

— Levemo-lo para aquele berço em forma de caravela que destas praias partiu e se perdeu no Mar das Tormentas...

O frêmito das vozes fazia-se maré alta... as pálpebras violetas palpitavam...

Foi então que uma delas, que tinha no olhar um pouco da nostálgica tristeza humana, que mostrava ainda sinais de algemas nos pulsos de seda branca, que trazia nos cabelos uma vaga cinza de crepúsculo, murmurou, enquanto num gesto, onde havia ainda esfumadas reminiscências de gestos maternais, lhe aconchegava ao peito a mísera couraça de pano azul:

— Deixem-no... Talvez lhe doam as asas quebradas...

Silêncio...

E aquele que tinha sido um filho dos homens ficou a dormir na eternidade como se fora um filho dos deuses.

A MORTA

Isto aconteceu.

A Morta ouviu dar a última badalada da meia-noite, ergueu os braços e levantou a tampa do caixão. Desceu devagarinho, circunvagou em redor os olhos de pupilas sem luz; os outros mortos, bem mortos, dormiam pesadamente. Puxou para si a porta do jazigo que dava para a noite. O vestido branco manchou o negrume das sombras. Fúnebres ciprestes, almas de tísicos, bailavam numa clareira uma macabra dança de roda. Avançou lentamente pela avenida soturna, voltando para eles os glóbulos vítreos dos seus olhos sem luz. Parou um momento, clarão no meio de sombras, a ver um pequenino, nu e branco como um mármore grego, que piedosamente se entretinha a encher de lágrimas uma urna partida, onde as pombas viriam beber de dia. Um suicida, escavando a terra com as unhas, procurava o seu sonho, por que se tinha perdido.

As estátuas descansavam das suas atitudes contrafeitas. A saudade alisava as roupagens roçagantes, e sentava-se com a face entre as mãos, olhando vagamente a noite. Uma musa de curvas sensuais, num túmulo de poeta, cerrava languidamente os olhos e fazia com a boca o gesto de quem beija. Um sapo enorme, de olhos magníficos como estrelas, lançava a sua nota rouca, refestelado num fofo leito de lírios.

A Morta caminhava num passo de morta, um ciciar de brisa na folhagem; os sapatinhos de cetim branco mal pousavam nas pedras do caminho; as pupilas sem luz não tinham olhar, e viam. A Morta sabia onde ia.

A Morta ia a lembrar-se, que os mortos também se lembram; na solidão do túmulo há tempo e sossego para lembrar; é lá que as virgens tecem as mais preciosas lhamas dos seus sonhos. Para quem saiba ouvir, há vibrações de carnes mortas nos túmulos brancos das que morreram puras, como que um frêmito brando de erva a crescer...

A Morta ia a lembrar-se:

Sentira, num êxtase sobre-humano, num assombroso sair de si, numa prodigiosa transfiguração de todas as fibras do seu ser, a pressão de uns dedos quentes que lhe desciam as pálpebras sobre as pupilas paradas. Uma boca, que ela nunca sonhara tão macia e tão fresca, roçara-lhe a macieza e a frescura da sua, em beijos miudinhos, cariciosos, castos como aquelas gotas de chuva que, nas tardes de verão, infantilmente, recolhia nas suas duas mãos estendidas.

Vestiram-na de branco, ungiram-na de branco, envolveram-na numa nuvem de branco. Era branca a almofada de rendas onde lhe pousaram a cabeça, devagarinho, no gesto sagrado de quem pousa uma relíquia três vezes santa nas rendas de um altar. Brancos, os sapatinhos de cetim, aqueles mesmos que mal roçavam agora as pedras do caminho. Branca, a grinalda de rosas de toucar que lhe prenderam à seda dos cabelos. Branco, o vestido, o seu último vestido do seu último baile. Brancos, os cachos de lilás, as rosas e os cravos, que eram como asas de pombas a cobri-la. Branca, a caixinha de sete palmos pequeninos, onde a mãe a deitou, como a deitara anos a fio na brancura do berço.

E agora, as cartas do noivo, o retrato do noivo, as dulcíssimas recordações do noivo. E, piedosamente, cuidadosamente, não fosse esquecer alguma pétala de flor, algum fiozinho dos seus lindos cabelos pretos, algum pedacinho de papel onde as queridas mãos morenas lhe tinham traçado o nome, tudo lhe levaram, como uma divina oferta a um ser divinizado. Tudo levou. Parecia que se tinha tornado de repente mais pequenina, mais imaterial, mais acolhedora, para que tudo lá coubesse, para que nada esquecesse, para que nada ficasse a gelar lá fora, no frio glacial da indiferença deste mundo que transe as almas e as coisas. Que lhe pusessem tudo, o caixão não pesaria mais por isso... Todo o ouro a jorros das suas misteriosas quimeras, todos os fúlgidos brocados tecidos dos preciosos metais, semeados das gemas cintilantes das suas miragens de amor, todas as altas torres brancas dos seus sonhos, tudo era tão leve, tão leve, que a caixinha de sete palmos pesava menos que uma pena de colibri.

Depois, a tampa da caixinha tombou brandamente, entre o ciciar dos soluços, e toda a brancura se apagou; uma noite de luar que se cerrasse em sombras...

E já foi... Desceu os degraus da escada, balouçada no seu esquife branco com a cabeça tonta do perfume das flores e dos seus sonhos de amor encerrados com ela, como se tivessem encerrado, numa suprema oferta, todas as primaveras que no mundo haviam de florir depois dela.

E lá a deixaram. A vaga que a levara quebrara-se de encontro à praia, e o esquife, barco sem velas, dormia no porto ao abrigo dos vendavais, das medonhas invernias desencadeadas, das outras vagas maiores que se quebravam ao longe num marulhar incessante, no mar alto da vida. A Morta podia dormir, a Morta podia sonhar.

Silêncio. Um silêncio feito de fluidos rumorosos, do vago rastejar de um perfume, de um leve vapor de incenso pairando. Silêncio como um vago clarão de fogo-fátuo, como o rasto, a poalha de um desejo imaterial, silêncio em torno da vasta catedral de sombras onde as sombras vestidas de branco pontificam pelas noites.

Os outros mortos, ao lado, dormiam pesadamente, descansadamente. Um dia, tinham pendido os braços num gesto de fadiga e tinham ficado assim, pelos séculos dos séculos. A Morta viu-os a todos e de nenhum se lembrou; o mundo ficava longe.

Começou depois o encantamento. Todas as tardes, à hora em que o crepúsculo, todo vestido de glicínias, descia com a doçura de umas pálpebras que se fechassem, o perfume das rosas, dos cachos de lilás, das suas recordações de amor encerradas com ela, fazia-se mais denso, corporizava-se, tornava-se nuvem, unguento divino que a inundava, que a aromatizava toda. Os passos, letras de um poema que ela sabia de cor, mal se ouviam, perdidos ainda no coração da cidade, gritante, alucinada cidade dos vivos... Mas agora, vinham mais perto, distinguiam-se melhor, eram mais arrastados, tateavam o chão, tomavam posse das pedras do caminho da silenciosa cidade dos mortos.

Os sete palmos brancos onde as flores dormiam de encontro à carne branca da virgem eram como um enxame de abelhas de ouro; zumbiam lá dentro todas as litanias de amor, batiam desvairadamente os corações dos cravos, abriam-se sedentas as pequeninas bocas das mil florinhas de lilás, aos seios pálidos das rosas aflorava uma onda levíssima de carmim.

A mão do noivo empurrava a porta do jazigo. Os outros mortos, ao lado, não o sentiam entrar; braços pendentes num gesto de fadiga tinham ficado assim pelos séculos dos séculos.

Entre o vivo e a morta o diálogo era de uma sobre-humana beleza.

Essência de almas, as almas tocavam-se e era tão cândido, e tão profundo aquele choque, que as misteriosas forças desse fluido criavam outros fluidos, sopros, hálitos de almas desses que os predestinados sentem às vezes passar como asas invisíveis roçando um rosto na escuridão. Diálogo em que as bocas ficavam mudas, em que os sons eram imateriais, e os gestos intangíveis, e o perfume, que é a alma dos sentimentos, não era mais pesado que uma essência de perfume.

O vivo e a morta falavam, e o que eles diziam não o podem entender os vivos nem talvez mesmo os outros mortos, aqueles que ao lado dormiam pesadamente, braços pendidos num gesto de fadiga, pelos séculos dos séculos. O perfume agora era mais brando, narcisava-se, palpitava ainda como um ruflar de asas cansadas ao chegar ao ninho...

A mão do noivo puxava para si a porta do jazigo... os passos perdiam-se ao longe na silenciosa cidade dos mortos, depois na alucinante cidade dos vivos, e tudo se aquietava. Aproximava-se o silêncio, que trazia pela mão, devagarinho, não fosse tropeçar, a noite cega.

Mas, uma tarde, a Morta esperou em vão, e esperou outra, e outra, e outra ainda, em infindáveis horas de infindáveis tardes. Na caixinha de sete palmos onde os cravos e os lilases eram viçosos e frescos ainda, como se uma eterna madrugada os banhasse de orvalho, começaram a enlanguescer os perfumes, a desmaiar os seios nus das rosas; as cartas de amor amareleciam; os braços da virgem iam esboçando já o gesto de fadiga dos outros mortos que ao lado dormiam pesadamente.

Foi então que uma noite, mais cega ainda que as outras todas que o silêncio trazia pela mão, uma noite em que ela sentia gotejar lá fora as lágrimas de todo um mundo de que tinha esquecido, foi então que ela ergueu os braços, levantou brandamente a tampa do caixão, e desceu devagarinho... foi então que ela puxou para si a porta do jazigo que dava para a noite.

E a Morta lá foi pela soturna avenida, no seu passo, manto a roçagar. Empurrou a porta apenas encostada — para que se há de fechar a porta aos mortos?... — e saiu... e na cidade adormecida foi uma flor de milagre que os vivos sentiram desabrochar. Foram mais ternos os beijos das noivas; mães sentiram mais calmos os sonhos dos filhos, como se a bênção do céu descesse misericordiosa sobre os berços; os braços das amantes ampararam melhor as cabeças desfalecidas, e os que estavam para morrer tiveram pena da vida.

Atravessou ruas ermas, estradas solitárias povoadas sombras mais vãs e fugidias que ela era; procurou com suas pupilas sem luz o clarão que as acendera, estendeu braços a todos os gritos, andou de porta em porta, subiu a todos os lares, revolveu todas as agonias, debruçou-se em todos os abismos, penetrou o mistério de todos os sonhos. E cada vez as sombras eram mais vãs e fugidias, e os clarões iam-se apagando, estrelas cadentes no negrume cerrado daquele Gólgota. Nada!

Foi então que lhe chegou aos ouvidos um ciciar brandinho... Seriam passos?... Ruflar de asas?... Folhas de outono tombando?...

E a Morta parou.

Marulho de ondas pequeninas. O rio.

Na taça de prata, cinzelada a traços de maravilha pelas mãos dos gênios das águas, erguida ao alto por mãos misteriosas e invisíveis, dormia todo o azul do infinito. O seu vestido branco aureolou-se de sonho, teve tons azulados de nácar e madrepérola, claridades fosforescentes de fogo-fátuo; como se lhe batesse de chapa todo o luar dos céus longínquos, lembrou um manto de Virgem; as mãos, num gesto de graça, foram duas minúsculas conchas azuis. Era ali.

Debruçou-se... Marulho de ondas... E a Morta foi mais uma onda, uma onda pequenina, uma onda azul na taça de prata a faiscar...

Isto aconteceu.

De manhãzinha, quando as pombas sedentas vieram beber as lágrimas na urna quebrada, quando o sapo, de magníficos olhos como estrelas, deixou o seu fresco leito de lírios, e a saudade se enrodilhou de novo no suntuoso túmulo de mármore, a soluçar, quando a musa de curvas sensuais moldou a boca que toda a noite dera beijos na imobilidade rígida das linhas austeras e frias, quando, enfim, as sombras se esvaíram na silenciosa cidade dos mortos, um caixão foi encontrado vazio, uma caixinha branca de sete palmos pequeninos, onde cartas de amor amareleciam e flores deixavam pender as pálidas cabeças desmaiadas.

OS MORTOS NÃO VOLTAM

"Tenho a certeza que os mortos não voltam."

O velho e simpático Dr. X., quebrando o silêncio em que se tinha emparedado toda a noite, fez esta estranha afirmação num tom tão peremptório, com uma tal firmeza de acentuação, com uma tão grande autoridade, que a sua frase, balde de água gelada na exaltação do grupo, fechou a discussão como por encanto.

"Os mortos não voltam", repetiu.

Todos os olhares convergiram para ele. Impassível, eixo da curiosidade geral, puxou mais a cadeira para o vão da janela, aberta de par em par sobre a noite cálida e estrelada de agosto. Sacudiu a cinza do cigarro, aspirou uma lufada de ar carregado dos aromas dispersos do jardim e do mar, e continuou tranquilamente: "Eu explico a minha afirmação... e o tom em que a proferi", acrescentou, com um dos seus belos sorrisos, de cujo encanto tinha o segredo e que eram, talvez, a mais clara explicação dos seus repetidos triunfos na vida. "Se a nossa discussão, meus senhores, não é uma discussão ociosa, o que é muito provável, se semelhante coisa pode entrar, tanto quanto possível, no domínio dos fatos experimentais, se tudo isto que acabamos de dizer não é metafísica pura, a minha afirmação de há pouco tem valor, e eu vou dar-lhes a sua explicação. A minha certeza é o fruto de uma experiência que o acaso preparou magistralmente, numa época em que estes problemas apaixonavam os intelectuais, problemas que deram origem aos soberbos trabalhos de Gurnay, primeiro, e, logo a seguir, de Crooks, Lodge, com o seu célebre Raymond, trabalhos que suscitaram todas as curiosidades no mundo pensante.

Nessa época, já relativamente afastada e, por assim dizer, ainda de ontem, que a época trepidante dos sem-fios e dos aviões destronou, não se falava noutra coisa: alucinações telepáticas, visões, lucidez, pressentimentos, aparições objetivas etc.; fenômenos ocultos, misteriosos, discutidos entre a zombaria e a incredulidade de uns e a credulidade medrosa de outros — eis o assunto de toda a conversação de uma ordem mais elevada, ou com pretensões a tal. Eu lia tudo quanto se publicava sobre o caso e, hesitante, balouçado entre a dúvida e a certeza, intuitivamente crédulo e refletidamente descrente, preso deste indefinido mal-estar que nos avassala perante os fatos desconhecidos, fora do nosso conhecimento imediato, não conseguia firmar uma opinião, ver esboçar-se o prelúdio de uma vaga certeza.

"Até que um dia, ou antes, uma noite, o meu espírito sossegou, apoiado a uma absoluta convicção que os fatos até hoje não vieram desmentir.

"Não, meus senhores, os mortos não voltam. Nada faltou à preparação da magistral experiência que o acaso me fez presenciar: campo experimental, cenário, ambiente particular, emoção elevadíssima, tudo! E, nessa noite, depois das rápidas parcelas de segundo de um voo para além dos limites do consciente, a alma pousou de novo no domínio da vida material sem ter visto, sem ter sentido nada."

O Dr. X. fez uma pausa, olhou a noite recamadinha de estrelas e pareceu escutar a voz soturna das ondas, rezando seu cantochão de eterna ansiedade. "Foi em casa da Sra. L.", principiou ele. "Você conhece, Veiga", disse, voltando para um rapaz alto e loiro, de monóculo, "a deliciosa velhinha que possui, num cenário de maravilha, *le dernier salon où l'on cause*.[1] Faz agora anos por estes dias. Festejava-se num

---

[1] Literalmente, "O último salão em que se conversa": alusão ao último salão à moda no século XVIII, isto é, de conversa elegante e culta. (N. E.)

jantar íntimo a saída, do colégio, da neta, a endiabrada garota que hoje é mãe não sei já de quantos taludos bebês. Estávamos todos no terraço, depois de jantar, naquele lindo terraço todo em mármore cor-de-rosa, janela escancarada sobre o mar, que parece ter sido idealizado por um paxá das Mil e Uma Noites. Estava eu, a dona da casa, madame V., os dois irmãos Gray, o Ravara de Melo e aquela linda rapariga que o ano passado professou num convento de Segóvia e que você também conheceu muito bem, Lídia de Vasconcelos. Lembro-me como se o caso se tivesse passado ontem. Não sei que poder evocador se desprende desta noite, da melopeia destas ondas, que misteriosos eflúvios traz consigo o ar que entra por esta janela aberta, o certo é que preciso fazer um esforço para me convencer que isto não se passou ontem, que tantos anos não dispersaram já toda esta gente que evoco. Influência do cenário igual, da noite igual da discussão, talvez...

"Os Estoris enchiam-se de pontos luminosos; o céu, de estrelas miudinhas. O monte lembrava um presépio, como agora, sobre o mar a escurecer, a preparar o mistério das suas bodas com a lua, que vai surgir toda de branco.

"Discutia-se um caso de telepatia narrado pelo mais novo dos Gray, aquele místico Robert de uma psicologia tão curiosa. Tinha visto, segundo ele dizia, a mãe entrar no seu quarto, depois de ter atravessado um comprido corredor que levava diretamente à alcova onde meses antes expirara. O caso levantou, como calculam, enorme celeuma. Na mesa ninguém se entendia; falavam todos a um tempo, faziam-se comentários, cada um expunha a sua opinião, contava um caso da sua vida. Houve risos, *blagues,* e, quando saímos para o terraço, deixando os dançarinos no salão, o Robert continuava, impassível, a garantir a autenticidade da sua história, e nós todos engalfinhados a discuti-la.

"Parece-me estar ouvindo o Ravara de Melo, o cético elegante, fazendo rir com os seus espirituosíssimos paradoxos a escultural madame V., aquela loira madame V. de quem a Lila dizia que trazia a arder na cabeça todas as fogueiras de S. João, o tom de máscula impassibilidade do Robert afirmando, a voz já apagada e tão doce da senhora L."

O dr. X. interrompeu o que estava a dizer para acender outro cigarro, rito praticado sempre com um raro deleite de sibarita, precursor do raro prazer de se intoxicar, operação que levava a cabo metodicamente, desde os *Paxás* da sua adolescência até os preciosos *Abdulas* de agora.

"Que linda noite!", murmurou, como se falasse consigo próprio, e, em voz alta, continuando: "Era uma noite assim; a pouco e pouco fomos adoçando a voz, para não quebrar a harmonia da hora, daquela hora de uma sobrenatural e mágica beleza, que todos nós sentimos ser uma pausa na nossa vida brutal, um momento digno de deuses na nossa feia vida de homens, uma hora feita de envolventes bruxedos, tão pesada de perfumes, tão embebida de doçura que, maquinalmente, as mãos quase esboçavam o gesto de se estender para agarrar a hora maravilhosa que sentíamos fugidia e já perdida nos momentos que passam. O riso de madame V., num dado momento, quase nos chocou como uma falta de tato, uma inconveniência, como se ela lembrasse de aparecer nua diante de nós todos. De repente, elevou-se no salão a voz da Lila, cantando a *Balada do Rei de Tule*.

Houve outrora um rei em Tule...

"A voz profunda e pastosa entrava na noite como um punhal numa ferida: dilacerava-a. A pungente melodia fez-me subir as lágrimas aos olhos, e ao coração uma turba de recordações que eu julgava perdidas no mar da vida, como a taça lendária sobre as águas do mar.

"Calamo-nos todos, a ouvir. O ruído das ondas acompanhava em surdina a voz maravilhosa, que subia e se espalhava na noite, que parecia concentrar-se e compreender como uma alma. Julguei naquele momento ouvir um soluço abafado, como se uma onda se tivesse quebrado ali mais perto de nós; voltei-me negligentemente, como para pousar o cigarro numa mesinha que estava atrás de mim; não vi ninguém, a não ser a Lídia de Vasconcelos que, tranquilamente, mordiscava um cravo branco. Quando a voz se calou no arrastar dos últimos versos:

> E a taça lá vai boiando
> Por sobre as águas do mar...

fez-se silêncio que nenhum de nós ousava ser o primeiro a quebrar. Sobressaltou-nos, numa impressão desagradável, a voz roufenha, monótona, do Robert, que num tom peremptório, num tom todo britânico, teimosamente preso à sua ideia, reatava o fio da discussão interrompida:

"— Os mortos voltam.

"A doce senhora L. não pôde conter um sorriso. Aquele sorriso, naquela ocasião, vinha sublinhar a sua opinião sobre os ingleses, opinião que eu conhecia e que achava de uma injustiça flagrante; mas vão lá convencer as mulheres da injustiça de uma opinião que elas criaram sozinhas!

"A discussão acendeu-se outra vez. Ravara deitou novamente fogo às peças de artifício do seu espírito brilhante. O riso de madame V. ecoou mais cristalino na noite pura...

"Foi então que, de novo, chegou aos meus ouvidos o eco abafado de um soluço. Não havia dúvida, tinha sido um soluço. Voltei-me rapidamente. A Lila continuava a mordiscar o seu cravo branco, mas olhando-lhe as mãos, compreendi tudo num relance: tremiam como as asas de uma avezinha presa.

"O coração apertou-se-me, cheio de uma imensa piedade por aquele tristíssimo destino de rapariga. Vocês sabem a história... talvez", disse ele, voltando-se para o grupo que o escutava e, a um sinal negativo do rapaz de monóculo: "Não? A Lídia estava noiva de um seu camarada, Álvaro Bacelar", disse ele a um oficial da Armada que o ouvia, com uma grande atenção, de pé, encostado ao peitoril da janela. "Não, você não pode lembrar-se; isto passou-se há anos, ainda você não tinha entrado sequer na Naval; de um seu camarada que morreu, vítima de um desastre no mar, oito dias antes do marcado para o casamento. O cadáver, apesar de incansáveis pesquisas, nunca mais apareceu. Era um esplêndido rapaz, dotado das mais fortes e sérias qualidades, de uma beleza viril que se impunha. Lembro-me muito bem da cara dele, principalmente dos olhos; tinha um olhar duro, um estranho olhar que nos penetrava como uma verruma, que afirmava, que insistia; mas, quando nos pressentia o vago mal-estar de uma alma que se sente vasculhada, adivinhada até aos seus mais recônditos esconderijos, o olhar mágico dulcificava-se, aveludava-se, transformava-se na suavidade de um olhar quase feminino, lânguido e carinhoso. Era realmente um belo rapaz. Lembro-me muito bem dele e da tragédia da sua morte. Nos primeiros dias, houve sérios receios que a noiva enlouquecesse. Eu fui vê-la nessa ocasião; depois, esteve numa casa de saúde na Alemanha, viajou pelo Oriente, foi a Jerusalém. Voltou, passados dois ou três anos, curada, segundo parecia. Reatou os seus hábitos interrompidos, viram-na de novo, mais linda do que nunca, os salões mais chiques da capital, e começaram, é claro, a fazer-lhe a corte. Nova, bonita, rica, por que não? O mundo é dos vivos, os mortos têm o seu à parte. Era natural que a pobre rapariga esquecesse, fizesse por viver, tentasse de novo fundar um lar, desejasse filhos, não é verdade? As mãos geladas de um cadáver não têm o direito de prender eternamente o coração de uma rapariga de vinte anos que crê na vida! Mas as decepções, na turba cada vez mais numerosa dos pretendentes, foram-se multiplicando: Lídia de Vasconcelos atendia benevolamente todos, mas não se decidia a escolher nenhum. Vocês compreendem, um morto é um temível rival, um competidor seríssimo que tem por si as mil vantagens que a ausência e a saudade lhe emprestam. A morte é o *Reutlinger* das recordações; na objetiva do coração foca-as para sempre em beleza imutável e única. Quando, naquela noite, lhe vi tremer as mãos pequeninas que, num jeito cheio de ansiedade, seguravam o cravo branco, quando a vi olhar num olhar de inexprimível desalento aquele mar, mortalha imensa de um ente que para todos era há muito apenas uma recordação diluída e que para ela era a única realidade existente, tive a impressão nítida de que o seu único, o seu obcecante desejo, naquela ocasião, seria o impossível prodígio de poder erguer, com as suas mãozinhas que tremiam, a ponta daquela mortalha, a dobra daquele grande lençol, e contemplar um minuto, um só minuto, os olhos estranhos, inolvidáveis, do morto. Senti que aquelas mãos só tinham forças para pedir ao destino aquela esmola. O seu vestido de rendas prateadas, na claridade leitosa da lua, que se eleva acima das ondas, vestia-a de espuma a faiscar. O grande diamante do seu anel de noivado parecia grande e pesado demais para o seu dedo miudinho e frágil de bebê. Naquele terraço, quase às escuras, fez-me pensar numa imaterial aparição; parecia mais uma onda que tivesse galgado o terraço e que se imobilizasse, na expectativa de um prodigioso e inefável milagre. A voz aguda e trocista de madame V, respondendo à frase do Robert, sobressaltou-me como uma pessoa que, no melhor do seu sono, é acordada brutalmente para a realidade da vida.

"— Oh! Robert, que candura a sua! Estes ingleses!... Você teve, muito simplesmente, uma má digestão, coisa que acontece a muita gente. Será você sonâmbulo?" — acrescentou a rir. Robert abanou gravemente a cabeça, o irmão sorriu com o seu frio, com o seu cortante sorriso saxônico. Vocês não podem fazer uma ideia: nunca vi sorrir um inglês que não ficasse irritado. Aqueles sorrisos nus e ao mesmo tempo complicados, onde parece não haver nada e onde se adivinha tanta coisa, espicaçam-me como um aguilhão. Ia para responder; não tive tempo. A voz da senhora L., que naquele momento se elevou, foi um unguento, um calmante no prurido da minha cólera absurda; serenou-me como por magia. Ela dizia, abanando tristemente a cabeça branca, que parecia de prata ao luar:

"— Não, Robert, os mortos não voltam, e é melhor que assim seja... Que vergonha se voltassem! Onde há por aí uma alma de vivo que se tivesse mantido digna de semelhante prodígio?... Eles vão, e a gente fica, e ri, e canta, e deseja, continua a viver! Mutilados, amputados, às vezes do melhor de nós mesmos, a gente é como estes vermes repugnantes que, cortados aos pedaços, criam novas células, completam-se e continuam a rastejar e a viver! É uma miséria, é, mas é assim!

"A voz da senhora L. perdeu-se num murmúrio, casada ao murmúrio surdo das ondas, lambendo os rochedos da praia. No salão dançava-se animadamente um *charleston* em voga. Foi então que, na noite pura, na noite silenciosa talhada em horas de imperecível beleza, estalou o grito sobre-humano, o grito que, passados tantos anos, trago ainda nos ouvidos, que foi como que o comentário à margem de todas as minhas dúvidas e incertezas, que consubstanciou em si, no arrastar das suas notas trágicas, a resposta às minhas interrogações em frente ao formidável mistério da morte. Lídia de Vasconcelos tinha-se erguido na cadeira e, voltada para o mar, lívida, irreconhecível, estendera os braços e soltara num grito, como um arranco, como um desgarrar de fibras, o nome querido:

"— João!

"Àquele brado de angústia, àquele chamamento, àquele apelo desesperado, a própria noite se enrodilhou cheia de medo e de assombro, e todos nos entreolhamos, à espera que das ondas surgisse o morto, novo Lázaro a um novo *Surge et ambula*.[2] Foi um segundo de emoção como nunca tinha vivido, como nunca mais poderei viver. Foi um momento. Lídia tornou a cair na sua cadeira como um triste farrapinho branco, numa crise de soluços que a sufocava; todos se levantaram para a socorrer. Eu fiquei a olhar para o mar, o mar impiedoso que guardava a sua presa, que se espreguiçava molemente como uma fera que tem sono. Não, meus senhores, os mortos não voltam. Se voltassem, haveria um que naquela noite teria voltado, quando o chamaram."

O Dr. X. calou-se. Atirou para o jardim o cigarro meio consumido, e ficou pensativo, a olhar o mar, com os olhos rasos de água.

---

[2] Em latim, "Sai e anda". (N. E.)

O RESTO É PERFUME...

"Nesta época dolorosa da minha vida", prosseguiu a minha amiga, "sabe você onde vou buscar o mais benéfico consolo, o analgésico mais seguro contra estas crises que me assaltam de vez em quando, de repente, no meio de uma frase, de um riso, crises que me fazem lembrar um cobarde assalto, pelas costas, numa praça iluminada e cheia de gente?"

A minha amiga, no terraço da sua linda casa, uma romântica casa, meio *cottage*, meio palacete, que dava para o mar, formulava-me esta estranha pergunta à queima-roupa, naquele ar de maliciosa seriedade que lhe era habitual e que lhe dava um tão estranho encanto.

Estávamos sós, naquela quente tarde de agosto, face ao mar, abrigados do vento, que naquele pedaço de costa é quase constante, pelo toldo às riscas vermelhas e brancas que nos separavam do resto do mundo, comodamente estendidos em cômodas cadeiras de vime; à mão, em cima de uma elegante mesinha também de vime, um grande ramo de sécias, desgrenhadas e finas como crisântemos, o *Bouddha Vivant* de Morand[1] com a faca de marfim marcando a página interrompida, e a mancha verde, gritante, de um novelo de lã: o seu trabalho, o seu inseparável trabalho de crochê. Bastas vezes me tinha dado que pensar aquele

---

[1] Paul Morand (1888 – 1976), diplomata, escritor e poeta francês. (N. E.)

seu eterno *crochet*, os velhos dedos sempre agitados numa lida incessante. Verão e inverno, os seus íntimos não se lembravam de a ver um instante imóvel, estendida na sua cadeira, posição que, à primeira vista, pareceria calhar como uma luva àquela estranha e dolorosa imaginativa. Quem sabe? Talvez aquela incessante agitação dos dedos, que ela tinha brancos e delgados, de miudinhas unhas de bebê lhe ajudasse a compor melhor as complicadas sinfonias das suas meditações, onde havia de tudo em afinado desconcerto, se a frase pode arriscar-se... — gritos de revolta, dulcíssimos gemidos, grotescas gargalhadas de escárnio.

Amodorrado pelo calor, e por esta indolência, por este desprendimento cheio de beatitude, por esta incapacidade de esforço intelectual ou físico que nos ataca às primeiras horas da tarde e depois de uma boa refeição, olhei para ela, sem responder.

"Às palavras de um doido", rematou ela, simplesmente.

Desconcertante e bizarra, com ela nunca a gente sabia aonde iria parar; as suas premissas chegavam sempre a conclusões fantásticas, através dos seus argumentos, os fatos chegavam-nos irreconhecíveis, tomavam as atitudes mais ambíguas, nas contorções do seu espírito escarnecedor e singular. Nela, parecia andar um Mark Twain de braço dado com um Edgar Poe.

Todos nós, que aqui estamos, conhecemos mulheres que em épocas dolorosas da sua vida procuraram um consolo, um analgésico, como ela dizia, na religião, esse maravilhoso unguento que faz sarar todas as chagas, no cumprimento do dever, o mais rígido, no amor, no sacrifício, mesmo pelos seus ou pelos estranhos, na prática da caridade, na arte; mas uma mulher que se agarre, como à única tábua de salvação, que a pode fazer boiar à tona da água, às palavras de um doido, qual de vocês conhece essa mulher? Pois bem, conheci-a eu, e vou dizer-lhes o que ela me disse, o que lhe ouvi e que nunca mais me esqueceu, naquelas primeiras horas de uma quente tarde de agosto. Pode ser que a algum de vocês faça bem... Tudo é possível.

"Conheci-o numa pequena vila, nessa linda província alentejana, que tão pouca gente conhece, onde toda a paisagem, em certas horas, toma ares extáticos de iluminados, onde a alma das coisas parece falar através da imobilidade das formas.

"Era um velho muito alto, muito limpo, sempre muito bem vestido, com uma grande cabeleira branca ondulada, que ele tinha o costume de alisar de vez em quando, com a mão, quando falava. Era de boa família, de origem fidalga, dizia-se. O pai tinha aparecido ali, um belo dia, vindo não sei donde, e ali tinha morrido anos depois. Eu não cheguei a conhecê-lo, é claro. Lembro-me vagamente de um pormenor curioso acerca da sua vida: levantava-se ao escurecer e deitava-se só às primeiras horas do dia; fazia toda a sua vida de noite. Lia quase constantemente os poetas gregos e latinos; era muitíssimo culto e não falava com ninguém. O filho, bizarro como ele, caíra com a idade, a pouco e pouco, numa completa loucura; mas, muito calmo, muito doce, muito bem-educado, não incomodando ninguém, deixaram-no à vontade, e ninguém o incomodava.

"Eu fiz dele o meu único confidente, a minha grande afeição; ele era ao mesmo tempo o meu cão, o meu livro, a minha amiga íntima, o inseparável companheiro dos meus longos passeios solitários pela planície.

"Caminhávamos horas a fio pelas estradas fora, calados, a olhar avidamente tudo o que nos cercava. A minha família, principalmente o meu pai, não se conformava com semelhante esquisitice, e a princípio lutou desesperadamente contra mais aquele disparate, aquela tola mania de fazer de um doido o meu maior amigo; mas, como já estava habituado às bizarrias do meu caráter, e como eu, segundo eles diziam, não fazia nada como a outra gente, acabaram por me deixar em paz a mim e ao meu amigo doido. Nunca tive outro assim... e hoje, as suas palavras que eu evoco são, como já lhe disse, o meu mais benéfico consolo, o meu analgésico mais seguro contra as crises que me assaltam de vez em quando, no meio de uma frase ou de um riso.

"Parece-me, se fechar os olhos, que foi ontem a última vez que o vi. As nossas conversas eram sempre um longo monólogo: ele falava, eu ouvia. Nunca li nos livros frases mais belas, ideias mais tragicamente consoladoras, de uma maior e mais elevada espiritualidade. A palavra dele era como a água: gotinha a cair numa raiz abrasada, regato que vai segregando profecias às ervas do chão, torrente impetuosa que tudo arrasta, que tudo leva à sua frente.

"A planície estendia-se até aos confins do horizonte, de cambiantes inverossímeis. A estrada poeirenta, quase reta. Charnecas bravias, de um e doutro lado. Aqui e ali, a rara mancha escura de uns torrões lavrados que mais tarde fariam o grande sacrifício de, mortos à sede, darem pão. Sob a serenidade austera da minha terra alentejana, lateja uma força hercúlea, força que se revolve num espasmo, que quer criar e não pode. A tragédia daquele que tem gritos lá dentro e se sente asfixiado dentro de uma cova lôbrega; a amarga revolta de anjo caído, de quem tem dentro do peito um mundo e se julga digno, como um deus, de o elevar nos braços, acima da vida, e não poder e não ter forças para o erguer sequer! Ah, meu amigo! O gênio que, com o grotesco vocabulário humano, pudesse fazer vibrar a nossa sensibilidade, estorcer os nossos nervos de encontro à trágica e mentirosa insensibilidade da minha dura terra alentejana! Nem Fialho, nem nenhum! Que mar alto de desolação e de força possante, a perder de vista... e o sol a abrasar tudo, incendiário sublime a deitar fogo a tudo! E quando a chuva cai!... O misto de inefável êxtase e de sofredora humildade com que a mísera e amarga erva rasteira recebe a água fresca do céu! Moisés no Monte Sinai, recebendo as palavras divinas...

"Outras vezes, íamos para o lado dos olivais, campos tão tristes, tão tristes, que toda a atmosfera parece impregnada de tristeza; até a luz é triste. Oliveiras salpicadas de cinza, sobre terras barrentas que parecem empapadas em sangue. Não se vê um vulto humano... não se ouve uma voz... Tem-se a impressão de se estar fora do mundo e em comunicação com ele, dentro da vida e fora dela, no estranho e triunfal inebriamento de agitar perdidamente as asas no espaço e no profundo desânimo de as sentir presas ainda! A terra é tão triste, tão triste, que a gente até tinha pena de lhe pôr os pés em cima; nos nossos passos, ao pisá-la, arrastávamos o remorso e a dor de quem um dia escarneceu um pobre! As nossas mãos esboçavam sem querer o gesto de a levantar, de a erguer devagarinho até a altura dos nossos lábios; sentíamos uma profunda e dolorosa vergonha de a adivinharmos humilde e boa, pobrezinha a dar misericordiosamente todo o bem que tem, a despojar-se de todas as suas escassas galas de pobre envergonhado, inesgotavelmente, nas mãos abertas dos ricos soberbos.

"Muitas vezes, confundíamos os arrastados crepúsculos de verão com as claras noites de lua cheia. Estávamos longe; vínhamos para casa noite fechada. Na charneca, o luar inundava tudo, os rosmaninhos e os alecrins, as estevas e as urzes, todas as moitas sequiosas, que o bebiam como água límpida que um cântaro a transbordar entornasse lá do alto. Às vezes era tão branco, tão imaterial, de uma tão pura religiosidade, que a planície alagada fazia lembrar uma grande toalha de altar onde tivessem espalhado hóstias.

"Nos olivais era ainda mais lindo. O meu amigo doido sorria, apaziguado. O luar entrava sorrateiro, em bicos de pés, não fosse alguém pô-lo lá fora... E as árvores, as tristes oliveiras de há pouco?!... Ao passar pelo meio delas, dava vontade de lhes perguntar: E os vossos vestidinhos de burel cinzento? Que lhes fizeram, princezinhas de lenda?... Onde está o teu vestido e o teu negro capuz, *Peau d'Âne*?[2] E o teu, *Cendrillon*?[3] — Todas vestidas de prata, toucadas de diamantes, recamadas de opalas, turquesas e safiras, calçadas de brocado, com os pés num tapete tecido a fios de ouro semeado de rubis, são princesas, filhas de reis, *Belles au bois dormant*[4] à espera do Príncipe Encantado...

"Quando estávamos cansados, ao cair da tarde, sentávamo-nos no tronco carcomido de uma oliveira, nas pedras de um muro esboroado, ou em qualquer talude de estrada poeirenta. Ele estendia o braço para o horizonte longínquo que se diluía nas sombras do crepúsculo, alisava a sua longa cabeleira branca e começava a falar. Eu, de mãos no regaço, imóvel, ouvia.

"Uma tarde, em abril, tínhamo-nos sentado no muro de uma propriedadezinha à beira da estrada, perto da minha casa. Lembro-me tão bem! Parece-me ver desenhar-se na minha frente, no cimo daquelas ondas, sempre as mesmas e sempre diferentes, o humilde *décor*:[5] um muro, um lilás todo florido e, a animar a cena, ele e eu.

"Naquele dia esteve sempre muito agitado, dir-se-ia que a fada Primavera não se tinha esquecido de trazer também para ele o seu quinhão de seiva a tumultuar que nos troncos velhos, como os novos, quer subir e dar flores. Apesar de há muito estar habituada à sua esquisita maneira de se expressar, não entendi completamente o sentido das suas palavras, nessa tarde. Por muito tempo, não consegui adivinhar a razão por que as trazia gravadas no cérebro como misteriosos símbolos palavras de encantamento e de magia a que só depois penetrei o sentido. Primeiro, foi preciso sofrer e chorar. Tinha de fazer delas, com o correr

---

[2] Carochincha. (N. E.)
[3] Gata Borralheira. (N. E.)
[4] Bela Adormecida. (N. E.)
[5] Cenário. (N. E.)

dos tempos, o meu estranho viático para as horas dolorosas; tinha de encerrar dentro delas todo o meu sentido da vida. O que durante anos inteiros procurara nas páginas dos livros, conseguira extrair de ideias condutoras no estudo das mais variadas filosofias, o que adivinhara em mim de misterioso e de grande, tudo o doido, no falar incoerente, conseguiu meter dentro daquele dulcíssimo crepúsculo de abril.

"O cenário, como vê, nada tinha de extraordinário: um muro, um lilás em flor, o horizonte a esbater-se nas cinzas abrasadas do crepúsculo... Vocês, os romancistas, precisam de muito mais... Pois bem! daquele muro, daquele lilás com o horizonte, opala a fundir-se num largo oceano de sombras, por pano de fundo, fez o meu doido um grande tratado de Filosofia para uso das almas simples e sofredoras com aquele pouco, compôs ele os dogmas da minha futura religião.

"— Vês? — apontava ele para o horizonte longínquo. — Não, tu não podes ver! À tua compreensão só pode chegar a percepção dos objetos que os teus misérrimos sentidos te apresentam, e tal como eles tos apresentam. Lês isso em qualquer cartapácio de Filosofia. O bom do Kant passou a vida a pregá-lo. O que os teus dedos tateiam são as ilusões dos teus olhos e dos teus ouvidos. Árvores! Que são árvores?... Pedras? Poeira? Que é isso? É o mundo!... E tu vês o mundo! Os homens criaram o mundo! De uma árvore fizeram uma floresta, de uma pedra um templo, deitaram--lhe por cima um pozinho de estrelas, e pronto... fizeram o mundo! E não há árvores, não há pedras e não há florestas, nem há templos, e as estrelas não existem. Não há nada, digo-to eu. Tu não sabes nada. Os mortos é que sabem. Os vivos chamam-lhes sombras. Os vivos metem as sombras dentro de um caixão, fecham-no à chave, pregam-no bem pregado, soldam-no, afundam-no na terra, muito fundo, e a sombra lá vai... fica o resto. São eles que por aí andam, são eles que tu sentes. Não há árvores, não há pedras, não há nada: há mortos. Os mortos é que fazem a vida; dentro dos túmulos não há nada. Eu queria agora dizer-te o que vejo, o que os mortos veem, mas não posso. As palavras não vão além do que tu vês e ouves; as palavras são túmulos: estão vazias. Olha — e apontava as primeiras estrelas que se acendiam na abóbada do céu —, aquilo são estrelas, dizem os homens... e por que não há de ser o pó dourado que tombou de uma grande asa de borboleta? Eu queria dizer-te agora o que é a vida dentro do mundo. Os mortos sabem. Eu sei. Os mortos pousaram as pontas das suas miríades de dedos sobre os meus olhos, enterraram-nos para dentro de mim, e mandaram-me ver... eu vi. Aparecem, de séculos a séculos, vivos que veem. Os homens chamam-lhes santos, profetas, artistas, iniciadores. Os homens escrevem em léguas e léguas de traços e borrões as suas histórias... e explicam-nos, comentam-nos, deciframnos! Oh, miséria, deixa-me rir!! Joana d'Arc... Pascal... Savonarola... João Huss... Vinci... Oh, miséria! Tu vives, mas não sabes a vida. Estes sabiam-na, mesmo com os olhos fechados, mas dentro da vida. Os outros mortos também a sabem. Olha — e, arrancando abruptamente um cacho de lilás, deu-mo a cheirar —, é perfume! A vida é este cacho de lilás... Mais nada. O resto é perfume...

"O resto é perfume...", repetiu lentamente a minha amiga, olhando o mar, que as primeiras velas sulcavam.

E, mãos no regaço, vi-a pela primeira vez imóvel, esquecida de mim e de tudo.

A PAIXÃO DE
MANUEL GARCIA

Manuel Garcia, o pobre canteiro da rua das Silvas, quando soube que Maria del Pilar ia casar-se, matou-se.

Um drama encerrado em duas linhas, numa escassa dúzia de palavras, um drama que levou anos e anos a desenrolar-se, que teve o seu primeiro capítulo numa doce manhã de maio e o seu epílogo num modestíssimo quarto de uma casinha de pobres.

Como é difícil sondar os corações humildes, as histórias das vidas simples! E a história de um coração que nunca se interrogou em desoladoras horas de *spleen*, em inquietas noites de insônia, que nunca pretendeu perscrutar os complicados mistérios do Além, é uma história simples, uma humilde história que leva a contar uns rápidos minutos e cabe toda dentro de sete palmos de pinho... bem medidos, que Manuel Garcia era um rapagão! Alto, moreno, ombros largos, musculoso, tinha, contudo, um coração de colegial de quinze anos; no forte arcabouço daquele operário inculto e simples, vivia, não se sabe por que estranhas transmigrações, a alma de um poeta romântico. Quem o diria!... Só a mãe, talvez... As mães adivinham sempre, não sei por que miraculosa intuição, o mistério que no mistério das suas entranhas foi gerado, e nunca se enganam! Quando, naquele úmido crepúsculo de novembro, o sangue salpicou a parede muito branca de cal, ao lado da cama, no modestíssimo quarto de sua casinha de pobres, quando as morenas mãos crispadas, que revolveram a chaga na angústia suprema da morte, foram manchar de vermelho a pobre colcha branca, muito lavadinha, o seu orgulho de dona de casa — quando ela entrou e viu, a história leu-a ela inteira, dentro da sua triste alma de mãe dolorosa; foi como se a lesse toda, linha a linha, capítulo por capítulo, naquele funesto segundo em que o destino lhe punha diante dos olhos, brutalmente, para que ela o lesse, o seu sinistro epílogo de morte.

O candeeiro aceso iluminava com a sua fria e clara o conhecido cenário do pequeno quarto: duas cadeiras, uma coluna com um bustozinho de criança em pedra, o lavatório de ferro, uma mesinha e, ao fundo, a cama revolta, o revólver no chão, e o filho morto. Em cima da mesa, coberta com um desbotado pano de chita de ramagens, uma carta, e nessa carta um nome, um lindo nome de mulher: Maria del Pilar.

Não gritou, não disse nada; os pobres não gritam. A morte faz parte do seu lúgubre cortejo de amigos, tem um cantinho no seu leito e um lugar à sua mesa; quando chega, pode levar tudo; quando transpõe a porta, aberta de par em par, com a sua presa, não vê à sua volta, a escoltar-lhe o fatídico vulto negro, senão cabeças curvadas num gesto de resignação, braços caídos, braços de quem deu tudo, de quem não tem mais nada para dar. A dor dos pobres é resignada e calma; traz às vezes consigo as aparências da revolta, mas, no fundo, é cheia de um imenso, de um infinito desapego por tudo. Os pobres vêm ao mundo já sem nada; o pouco que a vida lhes deixa é emprestado. Que lhes hão de tirar que seja deles?! Aos pobres toda a gente clama desgraçados.

Havia muitos anos que aquela pobre, aquela desgraçada, sentia a morte rondar-lhe a porta. Ouvira-lhe, por muitas vezes, os passos ao longe, depois mais perto, mais perto ainda, até pararem à porta... e a morte entrava. Levou-lhe a mãe, o pai, dois filhos pequeninos, uma filha de vinte anos, o marido, e por último entrara-lhe assim em casa, de repelão, sem prevenir, e fizera-lhe do coração um frangalho. A sua alma andara, como o seu corpo, sempre vestida de crepes; não se lembrava de a ter visto de branco. E resignada, doce, trazia no rosto fatigado, nas pálpebras sempre descidas sobre os olhos cansados de chorar, na pálida boca dolorosa, o fatalismo dos que o destino marca para os não poupar durante uma vida inteira. Adivinhara há muito o doido segredo do filho, o segredo daquela paixão que o crucificara em vida, que o empurrara aos vinte e dois anos para o negrume da cova. Nunca dissera nada a ninguém. Para quê? Quando naquele aziago anoitecer de novembro, transpôs o limiar do quarto e viu o filho morto, não gemeu, não gritou. Para quê?...

Olhou-o longamente, profundamente, sem se atrever a entrar; por fim, nuns passos lentos e hirtos de sonâmbula, aproximou-se. Passou-lhe a mão pela cara intacta, acariciou-lhe os cabelos, levantando-os, descobrindo-lhe a testa, num gesto de uma infinita doçura; depois, com um dedo, meigamente, seguiu-lhe os contornos da boca mole, a linha do nariz afilado, o queixo, como que para gravar melhor na mente, e para sempre, a imagem carnal do que tinha sido um filho, a bênção de um filho. Fechou-lhe bem os olhos, como quando ele era pequenino e adormecia com os olhos entreabertos. Devagarinho, devagarinho, não lhe fosse doer, num levíssimo gesto de piedade e amor, tateou-lhe a ferida sangrenta no meio do peito como uma chaga. O sangue tingiu-lhe os dedos; pôs-se a olhá-los, e só então as lágrimas, lágrimas silenciosas, verdadeiras lágrimas de pobre, lhe correram em fio pelas rugas das faces.

Ter um filho novo, robusto, belo, e vê-lo ir, vê-lo partir um dia para nunca mais, romeiro perdido num caminho de desgraça! Ficar só, velha e pobre, sem o calor de um afago — que triste sorte, mais triste que tudo neste mundo! O filho das suas entranhas, que das suas dores nascera, que aos seus peitos se criara, que ainda podia acalentar, deitar no colo, beijar, começava já a ser, na solidão daquele quarto, uma saudade, uma recordação da sua vida solitária.

Lavou-lhe as mãos ensanguentadas, vestiu-lhe, sozinha, com um jeito de mãe que veste o filho pequenino, o seu fato novo, o seu bonito fato preto dos domingos, calçou-o, penteou-o. Quando o avô chegou, o pobre velho de setenta anos que queria aquele único neto, ao filho do seu filho morto, como às meninas dos seus olhos, viu-o assim, já pronto a partir para a suprema ausência, que não tem regresso. Abanou a cabeça toda branca e desatou a soluçar, nuns soluços miudinhos de velho, num choro sem lágrimas que fazia dó. A mãe, nos últimos arranjos, de um lado para o outro no quarto, parava de vez em quando para enxugar, com a ponta do avental de chita preta, as lágrimas que continuavam a cair-lhe em fio pela cara abaixo e que a cegavam.

A carta, em cima da mesa, atraiu-lhe o olhar, com a sua brancura imóvel e fria; a carta parecia o selo sem esperança daquele túmulo, o selo maldito que a sorte aziaga imprimira, a fechar, para a eternidade, aquela vida ardente e moça. A mãe pegou nela docemente. Tremiam-lhe as mãos ao levantá--la de cima da mesa como se não pudessem com ela, com aquele fardo, como se a carta fosse assim como na cruz de ferro onde o destino lhe crucificara o filho. Estava fechada; e então a mãe, ao lindo nome de mulher que as mãos morenas do filho tinham traçado na última hora de sua vida, acrescentou mentalmente o resto do nome que lá não estava, e que o seu triste coração de mãe adivinhara: Calderón de Ataíde.

Sim, o louco segredo do filho, do pobre operário canteiro, era aquele. A Maria del Pilar, a quem gritara de longe o seu doido amor, a sua cega paixão de romântico, não era, como à primeira vista poderia imaginar-se, a priminha afastada que de terras de Espanha viera há meses e que por aqui ficara, presa como andava a uns escuros olhos portugueses. Não era a costureirinha gentil com quem poderia ter criado um lar, um doce lar de pobres, como um ninho suspenso num beiral, a cabeça a tocar o teto, o teto quase ao pé do céu. Não, não era a moreninha espanhola, não era a andaluza de rosto tostado como o de uma gitana que andava pelas ruas com o chalinho traçado e os cabelos ao vento. Era a outra, a outra Maria del Pilar, a filha de uma nobre espanhola e de um grande fidalgo português, era a loira princesinha, a fada dos seus sonhos de poeta, que um dia, dia aziago e fatal, avistara por entre as grades douradas do seu jardim distante.

Quando a viu, endoideceu. Preso, embriagado, arrastado por aquela delirante paixão, nunca mais teve sossego nem descanso. A oficina de canteiro, propriedade do avô, era ao canto da rua; de lá avistava-se todo o jardim, a escadaria suntuosa, os amplos salões de baile nos rés-do-chão, as inúmeras janelas dos aposentos particulares no primeiro e no segundo andar. Tinha ocasiões em que não tirava os olhos do palácio, via tudo quanto lá se passava, estava ao fato das saídas e entradas de toda a gente, espiava as idas e vindas dos criados e das visitas. Nas noites de baile, metia-se num canto sombrio do amplo portão da oficina, e ali passava a noite inteira a olhar as sombras que passavam ligeiras por detrás dos espessos cortinados de renda das janelas, como uma borboleta que a luz atraísse implacavelmente; só quando, de madrugada, via partir os últimos convidados, ou quando se apagava a última luz, é que ele se resolvia a voltar para casa, a passos lentos, transido de frio e com o coração num farrapo.

Outras vezes trabalhava, trabalhava febrilmente, sem descanso, o dia inteiro, numa exaltação de todos os seus nervos, numa ânsia de todo o seu ser, como se quisesse matar às marteladas qualquer ave de rapina que sentia roer-lhe as entranhas. E então fazia da pedra tudo quanto queria! O granito duro e informe parecia uma pasta mole, uma cera obediente, que ele talhava a seu belo prazer. Nesses dias, alheado de tudo, sem levantar a cabeça, enquanto a canção dos martelos ressoava alegre na oficina, fazia surgir de sob as suas mãos privilegiadas de artista, animadas por um mágico sopro de prodígio, as rendas mais sutis, as mais elegantes grinaldas, os mais complicados florões. Na figura, então, era assombroso, e os corpos eram uma maravilha de graça. Ninguém dispunha com mais arte as pregas de um manto, ninguém era capaz de enrolar com mais elegância as curvas caprichosas, as ondulações envolventes das roupagens roçagantes, em volta de um corpo de mármore cor-de-rosa. Todos os simbólicos vultos dos túmulos, a Saudade, a Fé, as Musas e os Anjos, todos lhe saíam das mãos, não se sabia por que acaso, com o mesmo perfil finíssimo, o mesmo sorriso sinuoso, os mesmos contornos delicados de um rosto que o obcecava e que o trazia arredado do resto do mundo, com os mesmos corpos esbeltos de adolescentes puros talhados em linhas rígidas e hieráticas. Parecia que a pedra tinha a consciência da sua alta missão, o orgulho de, bruta e informe, realizar um sonho, ser transformada, por um raro prodígio de amor, numa Maria del Pilar que a paixão de um pobre divinizara.

E assim passaram largos anos. O extraordinário é que ninguém deu por isso. Os companheiros de oficina, embora o achassem bizarro e com uma grande telha, como eles diziam, nunca imaginaram, nem por sonhos, uma coisa daquelas. A sua grande paixão passou despercebida aos olhos de toda a gente. A não ser a mãe, que as mães nunca se enganam, porque têm os olhos no coração, ninguém viu coisa alguma. Também o caso era de tal forma extraordinário! Um Ruy Blas,[1] canteiro!... Tão grande era

---

[1] *Ruy Blas* é uma peça de Victor Hugo, apresentada pela primeira vez em novembro de 1838, no Théâtre de la Renaissance: na Espanha do século XVII, Ruy Blas, um simples plebeu, apaixona-se perdidamente pela rainha. (N. E.)

a loucura, que só outro louco a poderia conceber no seu cérebro delirante.

Quando Manuel Garcia viu pela primeira vez a princesinha loira, através das grades douradas do seu jardim distante, teria quando muito dezessete anos, e ela treze. Era uma rapariguita travessa e estouvada, alegre como um céu de abril; corria pelo jardim como uma corça selvagem, tranças loiras como uma cascata de ouro pelas costas; dava uns gritos agudos como um pardalinho novo que está contente com a vida, mas que não sabe cantar; as suas gargalhadas eram frescas como o riso de um regato a descer um monte. Aos olhos de Manuel Garcia, Maria del Pilar, no seu jardim, no meio das amigas, era assim como um sol a iluminar os seixos escuros e desprezíveis das estradas. Que loucura!

E em tantos, tantos anos, nunca a loira fidalguinha olhara para ele. Não, ele não se lembrava de um só olhar, de sentir pousados nos dele uma só vez, de fugida, aqueles grandes olhos verdes claros que o endoideciam de amor! Se ela tivesse olhado para ele ao menos uma vez na sua vida! Mas não... no seu mesquinho tesouro de apaixonado, não encontrava nada, por mais que procurasse, por mais que remexesse, que se assemelhasse ao doce fulgor de duas límpidas esmeraldas claras. Esse prodígio, esse milagre, não se dera nunca! Um olhar! Mas se ele tivesse achado, no seu mesquinho tesouro de apaixonado, um só olhar de Maria del Pilar, não estaria decerto ali rígido, inerte, gelado!

O seu mesquinho tesouro continha apenas as parcelas de ouro do seu riso, o encanto do seu alado pisar de alvéola, a embriaguez do seu perfume, a cor dos seus vestidos, o deslumbramento da sua presença, da sua recordação intangível e sagrada, do seu ser, dela, Maria del Pilar, princesinha loira, que, com as suas mãos de boneca, o empurrara para a cova sem saber, fizera do rapagão moreno e cheio de vida, que ele era, o trapo que ali jazia, insensível e inútil.

De tangível e concreto, apenas uma rosa que ela deixara cair uma manhã, na rua. Ia num grupo de rapazes e raparigas; vestida de branco, calçada de camurça branca, os cabelos de fartos caracóis loiros, cingidos por uma larga fita branca, ia jogar o ténis a um palacete vizinho. Levava na mão uma soberba *Bryce Ellan*, de um lindo róseo acarminado, acabada de colher, de passagem, no jardim. Com um golpe de raquete atirou-a, de brincadeira, à cara de um rapaz alto e loiro que, desastrado, a não conseguiu agarrar. Quando se afastaram, e o vestido dela não foi mais que uma mancha clara na estrada cheia de sol, o pobre canteiro foi apanhá-la à rua com o carinho de quem levanta do chão um bebê magoado, lavado em lágrimas e com o vestidinho sujo. Entrou na loja e, delicadamente, com uma paciência infinita, com mil cuidados, lavou-a pétala por pétala, tirou-lhe todo o pó, e guardou-a sem sequer se atrever a beijá-la.

Maria del Pilar, tão perto, estava longe, mais longe que as terras longínquas de além-mar, mais longe que uma estrela cadente, que nem o pensamento a pode seguir pelos céus fora, mas estava ali; não era dele, não, meu Deus! Não a podia cobiçar sequer, mas não era de ninguém. Vaso sagrado por onde nenhuma boca matara a sede, templo que nenhuns passos tinham profanado ainda, torre de marfim do seu amor a que nenhum olhar subira, não era dele, não, mas era a Pura, a Intangível, era *A que não era de ninguém*!

E Manuel Garcia ia vivendo, talhando a pedra, sereno e mudo, numa castidade absoluta, como um monge ascético dentro da sua Cartuxa de sonhos, com a inconsciência de uma criança que vai, numa noite sem lua, costeando um abismo, a rir e a cantar.

Mas um dia — dia maldito aquele! — a notícia do casamento de Maria del Pilar rodopiou vertiginosa, como um súbito ciclone, arrastando tudo na sua pobre existência de simples, cheia, a transbordar, das migalhas de um sonho. Assombrou-o. Quando o soube, na oficina, ficou pregado ao chão a tremer, na desvairada tremura de uma árvore velhinha sacudida pela nortada. À volta, os camaradas, o avô, comentavam tranquilamente o caso, continuando, indiferentes, a sua tarefa. A filha do fidalgo tinha sido pedida em casamento por aquele rapaz espanhol, D. João Manuel, que a acompanhava sempre por toda parte. Um casamento de estrondo! Fidalgos, novos, ricos, bonitos... que lindo par! "Que lindo par!", repetiu uma estranha voz de sonâmbulo. E os muros, as pedras, começaram a dançar--lhe, diante dos olhos esgazeados, a dança macabra do seu destino perdido. Pobre poeta! Com o brutal encontrão, acordou sobressaltado do êxtase de tantos anos e deu com os olhos na miséria da vida! Tinha adormecido criança, despertou homem feito e, espavorido, estendeu as mãos para agarrar toda a sua linda adolescência inverossímil e quimérica que lhe fugia. As estátuas, os companheiros, os blocos de pedra, tudo rodopiava em volta, numa vertigem que não conseguiu vencer. Apoiou-se pesadamente à pedra que trabalhava e, muito pálido, foi escorregando devagarinho, até cair como um boneco, a quem um bebé, curioso e azougado, tivesse cortado os fios da sua pobre existência de fantoche, que vivera de uma mentira uma vida que não passara de ilusão.

Quando voltou a si, circunvagou os olhos pelo quarto e viu a mãe, encostada à cabeceira da cama, fitando-o. Que estranho poder de videntes têm uns olhos de mãe! Manuel Garcia compreendeu que o seu segredo não era só dele, mas teve vergonha, corou, desviou os olhos. A mãe, com o pudor receoso de quem surpreende um mistério inquietante, calou-se, abafando um suspiro.

E a vida continuou. Manuel, cada vez mais encerrado no seu gelado mutismo, começara a viver numa vida desregrada. A sua casta mocidade afundava-se num lodaçal de vícios. De olhos fitos no topo do seu calvário distante, onde numa hora de suprema coragem encontraria a morte redentora, atolou-se, na medonha subida, em todos os charcos do caminho. Há quem suba a descer. Há almas privilegiadas e únicas que nada têm a ver com a lógica absurda das leis humanas. As turbas inconscientes e boçais lançam, à face de certos entes, anátemas que o céu, se o há, não deve perdoar. À gargalhada insultante deste mundo responde a infinita serenidade do que fica para Além e que os olhos míopes não veem. Manuel subia a descer...

Quando o que lhe ficou para trás não foi mais que um ponto perdido no desapego de tudo a que chegara, quando conseguiu, finalmente, arrancar de si os pedaços irreconhecíveis do seu sonho desfeito, Manuel Garcia olhou face a face a vida, e sorriu. Oh, o sorriso de desdém dos que querem morrer! Quem foi que se atreveu a dizer alguma vez, quem foi que ousou traçar num papel as letras da palavra cobardia, falando de um suicida?! Oh, a medonha coragem dos que vão arrancando de si, dia a dia, a doçura da saudade do que passou, o encanto novo da esperança do que há de vir, e que serenamente, desdenhosamente, sem saudades nem esperanças, partem um dia sem saber para onde, aventureiros da morte, emigrantes sem eira nem beira, audaciosos esquadrinhadores de abismos mais negros e mais misteriosos que todos os abismos escancarados deste mundo! Quem foi que um dia ousou lançar a um papel as letras ultrajantes da palavra cobardia, essa suprema afronta, esse insultante escarro, à face dos que querem morrer?!

O que lhes foi preciso de coragem desdenhosa, de altiva serenidade, de profundíssimo desprezo, às almas que partiram *por querer*!

Manuel Garcia lutou um ano, e conseguiu vencer a vida, vencendo-se. Ao pavor do fim, ao medo do sofrimento, ao horror do gesto que é ainda consciente e que vai deixar de o ser, o gesto para além do qual a nossa vontade, quebrada, não tem poder algum, que é o último antes do pavoroso mistério, a tudo isto, a todos estes fantasmas contra quem lutara um ano inteiro, respondeu ele, um dia, com um sorriso... e que sorriso!...

E foi assim que, na penumbra fechada de um crepúsculo de novembro, Manuel Garcia meteu uma bala no peito, depois de escrever num papel frases de amor a uma princesinha loira, depois de lhe ter traçado o nome, o lindo nome que cheira a jardins de Espanha, num quadradinho branco, onde as últimas lágrimas de seus olhos caíram e secaram.

No quarto do morto, agora, só se ouviam os soluços miudinhos do velho, sentado aos pés da cama. A mãe tornou a pegar na carta, cuja brancura sobre o vermelho do pano de ramagens, a hipnotizava. Pensativa, olhou-a longamente, tornou a pousá-la. Foi à janela, abriu-a, e debruçou-se no abismo da noite. A rua era um poço sem fundo. A chuva, que até ali caíra delgada como uma bruma, começava a engrossar. O palácio dos Ataídes, lá embaixo, na volta para a estrada, faiscava de luzes. Eram dez horas. Começava o baile, o grande baile que os pais da noiva ofereciam a todos os grandes nomes da capital, pelo casamento da filha. Maria del Pilar tinha casado, doze horas antes, na capela do palácio.

A pobre mãe abafou um soluço, voltou-se, e olhou o morto. A débil chama das velas, que o vento tornava movediça, traçava-lhe no rosto sombras e clarões, tirando-o da imobilidade da morte, para o lançar na animação fictícia da vida; a olímpica serenidade dos libertados transformava-se: a boca parecia sorrir num esgar de desdém, os olhos pareciam abrir-se e pestanejar como se lá dentro as pupilas quisessem ver. Ver o quê, meu pobre adolescente que morreste velho? Ver o quê?... A vida que, numa grotesca ironia, te fez nascer na casinha de um pobre, a ti, a quem o destino cego dera a alma, coroada de rosas e verbenas, de um grego doutros tempos?! Tudo em ti era beleza, poesia e graça... e tudo isso a vida, miserável e trocista, vestiu com o cotim do teu pobre fatinho da semana, com o teu ridículo e mesquinho fato novo dos domingos! Quem dirá a estes troçados da vida o porquê do seu destino, a razão do engano que os fez nascer pastores, filhos de reis!...

A mãe tornou a debruçar-se sobre o negrume da rua. A chuva, agora, caía em enxurrada, como se o céu quisesse lavar o mundo de todos os seus maus pensamentos e ações. Buzinas de automóveis... um grito... passos que se esvaíam na sombra... Ao longe, um cão perdido uivava a miséria de ter nascido sem dono. Com os olhos fitos nas luzes do palácio, na fila ziguezagueante dos autos donde desciam sem cessar vultos negros, que se sumiam no pórtico todo iluminado, como a entrada de um palácio de um conto de fadas, a cabeça reclinada sobre o rebordo da janela, a mãe pôs-se a cismar. Que dois mundos tão diferentes! A noite e o dia, a luz e as trevas... Aos seus lábios resignados subiu a revolta de uma blasfêmia; o coração esmagou-se-lhe, num arranco, de encontro ao seu magro peito de velha. Teve vontade de uivar como aquele cão sem dono, de se deitar na lama da rua, de bruços, com a boca na terra, rastejando, como um bicho, amortalhada na frescura daquela chuva que continuava a encharcar tudo, como se para além das quatro paredes daquele quarto o mundo acabasse num novo dilúvio. Ao seu coração subiu de repente o desejo, tenaz como uma ideia fixa, de catástrofes inauditas; os seus olhos traíram a visão de casas a desmoronar-se, de labaredas a flamejar, de mãos de assassinos e de incendiários abrindo todas as portas. As suas mãos estenderam-se também, empunhando o facho incendiário, brandindo o punhal assassino nas sombras da noite. Que não ficasse pedra sobre pedra, que os campos fossem rasos, secos, rapados por todas as pragas que sobre eles caíssem em maldição! E a última visão do seu sonho criminoso e insensato foi a visão do mundo desaparecido, engolido pela vastidão de enormes oceanos e, à tona d'água, a boiar, o esquife onde o filho dormia repousadamente, embalado em cadência pelo ritmo das ondas!

Soltou um suspiro, como se lhe arrancassem o coração. Todos os seus longos anos de renúncia e sacrifício vieram em procissão, das sombras da noite, acalmá-la, exorcizando os pássaros negros das suas trágicas alucinações, abatendo o pendão sangrento da revolta. Passou a mão pela testa, pela cabeça branca, que a chuva molhara. De repente, lembrou--se da carta que estava em cima da mesa, da carta que o filho tinha escrito a uma Maria del Pilar que, àquela hora, vestida de branco, dançava nos braços doutro. Pareceu-lhe ver nos olhos do filho uma lágrima; olhou atentamente, estremeceu e, numa súbita intuição, estendeu os braços para a cama onde o filho jazia, murmurando:

— Não, meu filho, não... Eu sei. Que loucura! A carta... eu sei, a carta não é para a Maria del Pilar que a esta hora dança, vestida de branco, nos braços doutro. Não... Eu sei. A carta vai ser entregue à outra, à pobrezinha por quem tu morreste. Eu sei. Cala-te. Não chores. Está sossegado.

Pareceu-lhe então ver na boca do filho um eflúvio de sorriso. Sim, era isso, não a enganara a sua intuição; era isso que ele queria. A carta era para a costureirinha, para a morena andaluza, de rosto tostado de gitana; pois para quem havia de ser? Ele não conhecia outra Maria del Pilar!...

E, devagarinho, sempre a olhar a boca do filho, onde o sorriso se acentuava mais luminoso e enternecido, foi à mesa, pegou na carta, tornou a pousá-la e, a tremer, escreveu o resto do nome que lá faltava, o nome plebeu e obscuro de uma triste costureirinha que passara a vida a amar, sem nunca se julgar amada: Sánchez.

Pousou a pena, olhou o morto com uns olhos onde havia ainda uma sombra de inquietação, uns olhos interrogadores e tristes; a pouco e pouco, porém, o olhar foi-lhe tomando uma grande expressão de serenidade, e a sua boca pálida e triste de velhinha respondeu com um sorriso ao sorriso do filho.

O INVENTOR

Era pequerruchinho, ainda engatinhava, e já queria ser marinheiro. A sua minúscula bacia de três palmos onde, em três litros de água, a mãe lhe mergulhava todos os dias o corpinho rechonchudo e tenro de magnólia carnuda toda aberta, já era para ele o mar, o mar imenso, a extensão infinita com todas as suas maravilhas, as suas vagas enormes, os seus embustes, as suas traições. Com as mãos pequeninas de deditos escancarados como os raios de uma estrela, audacioso e aventureiro, fazia as ondas maiores, desencadeava tempestades. Com os olhitos arregalados debruçava-se no abismo, contemplava extático as misteriosas profundidades, a água a tremer em zigue-zagues irisados e o cobre da bacia a faiscar no fundo, amarelo como ouro. De vez em quando fazia naufrágio: pernas ao ar num pânico indescritível, berrava como um possesso, todo inundado, a sua bela valentia por água abaixo, procurando as saias da mãe para se agarrar, como um náufrago a valer à mais pequenina tábua de salvação.

Cresceu, e com ele a sua grande mania de patinhar. A mãe costumava dizer, meio a rir meio zangada, que tinha raça de pato. De manhã, depois de almoço, saía de casa muito lavado, muito limpo, o bibe de quadrados azuis e brancos irrepreensivelmente passado a ferro, o cabelo numa risca muito direita, as botas de cordovão muito amarelinhas, para ir falar à avó, a uma avó que nunca conseguia pôr-lhe em cima os olhos cansados, ainda escuros e úmidos como duas amoras dos campos. O tanque da horta dos Senhores Ramalhos ficava a dois passos, no caminho da casa da avó.

Que tentação! E se ele fizesse como o *Petit Chaperon Rouge*...[1]? E se ele fosse ver a água?... Vê-la só... mais nada! Não queria rasgar o bibe, nem desmanchar a risca do penteado, nem sujar as botas, é claro! Nem por sombras! Mas por ir ver a água... só vê-la! Não era caso para que, num segundo, lhe desabassem em cima de todas aquelas catástrofes. Era evidente! Claríssimo... como a própria água do tanque da horta dos Senhores Ramalhos... A consciência, esse rabugento desmancha-prazeres, ia falando cada vez mais baixo, as rugas da testa, cavadas no esforço da concentração, alisavam-se, os doces olhos garços enchiam-se-lhe já do infinito prazer, da alegria triunfal e sã de se mirarem num grande espelho movediço e claro. Vencia a tentação; nem as tentações se fizeram para outra coisa... O tanque, ao longe, no meio dos salgueiros, parecia de prata; cheirava a fresco. O peito dilatava-se lhe de satisfação. Deitava-se ao comprido sobre o rebordo de pedra, reclinava a cabecita morena sobre o braço estendido; a mão, pendida, num gesto quase sensual, afagava a água, que se abria tépida e a envolvia de doçura. E se ele descalçasse as botas e arregaçasse os calções? Poderia meter-se lá dentro; a água não lhe chegava com certeza aos joelhos... As pestanas batiam frementes, como que para velar o fulgor de duas pupilas cobiçosas, a mão mergulhava mais fundo na água clara... Ai! Lá molhara a manga! E se ele despisse o bibe e a blusa?... Era melhor: não correria o sério risco de se tornar a molhar. A tentação pôs novamente o manto furta-cores da prudência, e a consciência, enganada, aprovou a sofismática verdade. Num relâmpago, como quem tem medo de refletir ou de se enganar, ei-lo que despe a blusa e o bibe. Fica um instante pensativo: o trabalho que tem para arregaçar os calções é o mesmo que para os tirar de

---

[1] Chapeuzinho Vermelho. (N. E.)

vez e, num ar de grande decisão, resolve-se pelo remédio mais radical: despe-se todo. As botas são desapertadas num ai. De tentação em tentação, de fraqueza em fraqueza, os compromissos de consciência levam um homem honrado à prática de todos os crimes... Ei-lo completamente nu. O corpito moreno e magro de garoto azougado brilha ao sol que, atravessando os ramos verdes dos salgueiros em volta, o vai acariciar de fugida. A água fulge, chapeada de claridade. De um salto, atira-se à água. Os olhos fecham-se-lhe de voluptuosidade. Há, na curva das fartas pestanas escuras descidas sobre os olhos, qualquer coisa da sensualidade de um corpo que mãos suaves de mulher acariciassem... A água faz um glu-glu indolente e melodioso e vai espraiar-se em pequeninas vagas no rebordo de pedra. Um melro, quase azul à força de ser negro, espreita malicioso o camarada, por entre os ramos dos salgueiros, de um verde mais intenso, mais cru na tarde que sobe resplandecente. E o pequeno nada, chapinha, mergulha, estira-se, patinha como um deus das águas, ébrio de vida moça e livre, sob a carícia do sol, que lhe morde a carne morena coberta de pequeninas gotas irisadas.

As horas passam, correm velozes como gamos perseguidos. A tarde avança, o sol declina no horizonte; corre uma brisa mais fresca à superfície da água encrespada; os salgueiros inclinam-se mais, presos da singular melancolia que as coisas tomam ao sentir os furtivos passos da noite... O garoto acorda do seu êxtase. Meu Deus! A primeira impressão é desagradável: é uma impressão de frio, de angústia, de remorso, que lhe aperta a alma de passarinho. Depressa: um salto para o rebordo de pedra. Enfia os calções num segundo, veste a blusa ao contrário, os botões do bibe, mal seguros, saltam-lhe todos sob os movimentos convulsivos das mãos. As meias, das avessas. Agora as botas... os atacadores: três voltas em redor da perna e pronto! Não há tempo para apuros Meu Deus! É quase noite! Debruça-se na água: o cabelo, encharcado, cai-lhe em melenas sobre a testa. Parece um ladrão! Que irá dizer a mãe? E a avó, coitadinha?! Os olhos enchem-se-lhe de lágrimas, sobem-lhe soluços à garganta, mas, como é valente e já sabe, tão pequeno ainda, tomar corajosamente a responsabilidade dos seus atos, enxuga à pressa as lágrimas à ponta do bibe molhado, engole os soluços e, assobiando uma música de que é laureado compositor, mãos nos bolsos, cabeleira ao vento, toma galhardamente o caminho de casa.

A mãe recebe mal o pequenino fauno; depois de um ríspido sermão que ele não entende, despe-o de repelão, dá-lhe de cear, e mete-o na cama sem o doce beijo das boas noites. A alma de passarinho faz-se ainda mais pequenina, a boquita amuada alonga-se num beicinho triste, volta-se para a parede numa grande renúncia de todas as coisas boas deste mundo, e fica-se a dormir como um bem-aventurado.

De noite, porém, não tem sossego. Sonha com o tanque; põe a cama numa desordem indescritível, toda a roupa num alvoroço; os braços e as pernas são uma dobadoura. A mãe, que se levanta a cobri-lo uma dúzia de vezes, não pode deixar de sorrir ao vê-lo nadar, muito aplicado, com uma expressão de grande seriedade, sobre o travesseiro, com a camisa de noite arregaçada até o pescoço.

Na escola, mais tarde, é um tormento para lhe captarem a atenção, toda virada para o exterior, incapaz do menor esforço de concentração; não está um momento quieto, todo ele é movimento e vida. Das folhas arrancadas aos cadernos de contas e aos livros, faz espetaculosos chapéus armados de almirante, constrói frotas poderosíssimas, que põe a navegar no mar largo de uma grande barrica, onde a professora guarda a sua provisão de água com que, ao cair da ardente tarde alentejana, mata a sede às violetas e aos lírios do seu pequeno jardim de padre-cura.

Adormece, abraçado a um barco de cortiça e velas de pano cru, que o pai lhe deu num dia de anos. Os presentes de Artaxerxes fá-lo-iam sorrir de desdém perante a dádiva principesca.

Já homenzinho, nas longas noites de inverno, acocorado à chaminé onde o madeiro crepita, lê embevecido, horas a fio, todo o Júlio Verne, histórias de piratas e corsários; o navio-fantasma enfeitiça-o; os naufrágios heroicos entusiasmam-no; foi durante anos todos os capitães de navios naufragados, morrendo no seu posto, aos vivas a Portugal!

No liceu sonha com a Escola Naval: é uma ideia fixa. Põe a um gato abandonado, repelente, todo pelado, encontrado numa suja travessa das imediações do liceu, o nome de "Marujo"; a uma galinha, a quem endireitara uma perna quebrada, ficou-lhe chamando "Canhoneira"; o cão, seu companheiro de folias, chamava-se "Almirante".

No dia em que pela primeira vez envergou a linda farda da Escola, quando o estreito galão de aspirante lhe atravessou a manga do dólman azul escuro, foi como se S. Pedro abrisse diante dele, de par em par, as bem-aventuradas portas do Paraíso. Era marinheiro! Sabe lá a outra gente o que é ser marinheiro! Para ele, ser marinheiro era a única maneira de ser homem, era viver a vida mais ampla, mais livre, mais sã, mais alta que nenhuma outra neste mundo! O seu forte coração, sedento de liberdade, era, no seu rude arcabouço de marujo, como um pequeno jaguar saltando do fundo da jaula, estreita e lôbrega, contra as barras de ferro que o retêm afastado da selva rumorosa.

Ao pôr pela primeira vez o pé num navio, lembrou-se do tanque da sua infância e sorriu; o mesmo clarão de dantes, de fascinação e de triunfal alegria, iluminou-lhe os olhos garços; as pálpebras tiveram o mesmo estremecimento de voluptuosidade e cobiça. O rio sempre era maior que o tanque de outrora... Quando viu fugir Lisboa, afogada nas sombras violetas do crepúsculo, e deparou com todo o mar na sua frente, a sua alma audaciosa, rubra do sangue a escachoar dos seus irrequietos vinte anos, tomou posse do mundo, num olhar de desafio!

Quando voltou, porém, meses depois, vinha desiludido, furioso contra o seu sonho, que se tinha ido quebrar, como todos os sonhos, insulso e embusteiro, de encontro à banalidade ambiente. Aquilo, afinal, era uma maçada, uma tremendíssima maçada! O mar, todo igual, monótono embalador de indolências. Não havia corsários nem piratas; o navio-fantasma era um fantasma dos seus sonhos de outrora. O mar era muito mais lindo nos livros e nos quadros. Os poetas e os artistas tinham-no feito maior do que ele era; afinal, era pequenino como o tanque, acabava ali perto... Não tinha sido preciso arriscar nem uma só parcela de vida; não havia no seu navio mulheres e crianças a salvar; não havia naufrágios heroicos; o capitão nem uma só vez teve ocasião de ir ao fundo, no seu posto, aos vivas a Portugal! E sorria, com uma grande ironia nos olhos claros de expressivo olhar de lutador.

Renegou o seu culto sem pesar nem remorsos, com a mais completa das indiferenças e, de um dia para o outro, o mar que tinha sido a grande quimera da sua ardente imaginação de meridional, que tinha sido a sua noiva, a sua amante nos dias felizes da adolescência, foi atirado para o lado, no gesto negligente de um bebê que atira pela janela fora uma concha vazia.

"Aquilo afinal era uma maçada, uma tremendíssima maçada!" E os olhos claros, investigadores, de olhar acerado como o das aves de rapina, procuraram ardentemente outra coisa. Franziu os sobrolhos no ar recolhido e concentrado de quem excogita, de quem procura uma solução difícil... Olhou o céu profundo... e achou! Um avião! Era aquilo mesmo. Ser aviador é melhor que ser marinheiro! É abraçar no mesmo abraço o céu e o mar! Na linguagem dos símbolos, a âncora, definindo a esperança, nunca poderá valer as asas, que são a libertação. A âncora agarra-se ao fundo e fica, as asas abrem-se no espaço e penetram o céu, como um desejo de homem, a carne palpitante de uma virgem que possui. Seria aviador! E foi.

Quando pela primeira vez voou, não se esqueceu de sentar na carlinga, a seu lado, ao lado do seu coração, aquela que dali em diante seria a companheira de todos os dias, a companheira indefectível de todos os aviadores: *a Morte.*

Mas um dia começou a pensar que aquilo assim não tinha jeito: queria ver o céu coalhado de asas como o mar de velas, queria ver asas por toda parte. O homem podia lá estar à mercê dos espasmos da Natureza, dos seus caprichos, dos vendavais, dos nevoeiros, das manias de um motor?! Podia lá ser! Revoltado, franze a testa, encrespa as sobrancelhas, reflete, pesa os prós e os contras, revolve-se... e lá vai ele à conquista da sua nova quimera, do seu novo velo de ouro!

Havia de inventar um motor perfeito, sem caprichos nem manias; das suas mãos sairia resolvido o árduo problema. Não teria sossego nem descanso enquanto não conseguisse animar com o poder da sua inteligência e da sua vontade a inércia do ferro e do aço, enquanto não desse forma palpável ao seu novo sonho, ao seu poderoso sonho de orgulho, do trágico orgulho humano que desencadeia as avalanches e arremessa sobre as cabeças erguidas os maus destinos à espreita.

Trabalhou dia e noite. Fugiu dos camaradas, do bulício do mundo e das suas tentações. Como um trapista na sua cela, encerrou-se no seu grande desejo, e teimou, teimou, sem um desfalecimento, sem uma quebra de vontade, da sua vontade que ele tinha erguido até o máximo, que ele tinha educado até pedir-lhe tudo, até agrilhoá-la de pés e mãos, chicoteada a vencida, à sua grande ideia, ideia que era o seu máximo estímulo: *difícil, está feito; impossível, far-se-á.*

Às vezes caía exausto, com a cabeça pendida sobre a secretária onde passara a noite a alinhar cifras, a enegrecer de algarismos folhas de papel. Passou um ano, um imenso rosário de horas, brancas e negras: horas de entusiasmo, horas claras que tudo iluminavam em volta — em que tudo parecia fácil, luminoso e claro; horas de desilusão, de fadiga, donde saía mais firme na sua resolução, as rugas da testa mais cavada, o olhar mais profundo, mais cheio da ideia fecunda que o trabalhava.

Um dia, julgou ter achado! Oh! Aquele dia! A embriaguez do homem que se igualou a Deus! O coração a bater, a bater, a sentir-se grande demais para um peito tão pequeno, para um tão mesquinho destino! A umidade das lágrimas a embaciar o olhar gigante, que se esquecera um momento de ter nascido pigmeu! O artista, o poeta, o inventor de novos símbolos, de novas formas, o criador de movimento e de vida, todos os que desbravam caminhos, os que talham, abrem, por entre os matagais selvagens e os campos estéreis da ignorância e da banalidade, as belas estradas largas do pensamento e das ideias, esses que me compreendam e que o compreendam! As palavras são o muro de pedra e cal a fechar o horizonte infinito das grandes ideias claras.

Nunca fora tão feliz nem se sentira tão desgraçado! Os dias que se seguiram foram um tormento delicioso, um inquieto inebriamento que o trazia como que pairando acima das realidades terrestres. A montagem das peças, as experiências, todo o gozo paradisíaco dos seus sonhos realizados arrastavam-no para além da vida, para além do mundo sensível, numa esfera de quase loucura, de múltiplas sensações inverossímeis, de emoções profundíssimas e raras. Manejava as peças uma por uma, em gestos de uma infinita suavidade, com um olhar, com um sorriso de ternura, que faria ciúmes a uma amante.

A tarde da definitiva experiência, experiência que dera a certeza dos mais belos resultados, passou-a ele numa febre de orgulho, em cálculos de ambição, de glória e de riqueza, como um monarca doutros tempos contando o ouro e as pedrarias que as caravelas lhe traziam das misteriosas Índias longínquas.

À noite, depois dessa tarde memorável, depois do motor desmontado, dos preciosos papéis fechados num envelope lacrado, depois da carta escrita ao diretor da Aviação, a quem pedia nomeasse um comissão para avaliar os resultados práticos do novo motor que tinha inventado, com a cabeça a escaldar, o pulso como um cavalo a galope, febril, ansioso, resolveu sair, dar um passeio sozinho, procurando como um calmante a fresca aragem da noite, que descia sobre a cidade frenética como um monge sereno e plácido, de negro capuz, a murmurar orações confusas.

No seu passeio, procurou instintivamente as ruas escuras, as ruas solitárias; depois de dezenas de voltas e reviravoltas, sem saber como, foi dar consigo à beira do Tejo. Um degrau de pedra formando um esplêndido banco, ali próximo; esta aparição foi providencial à sua fadiga: sentou-se. Olhou o rio, que faiscava à claridade da pálida lua de agosto. As grandes carcaças dos navios imóveis manchavam o rio de esguias sombras escuras. Pensativo, apoiou a cabeça nas mãos, os cotovelos nos joelhos... E uma grande paz desceu subitamente sobre ele, vinda da noite, da escuridão, talvez do seu humilde destino de homem; entrou-lhe no coração cansado como uma branda lufada de ar puro num quarto abafado de doente. Realizara os seus sonhos, todos os seus sonhos! Que havia mais agora?... Já os homens podiam sulcar os ares sem medo aos vendavais, às cóleras brutais da Natureza; já o céu se podia coalhar de asas como o mar de velas. Todo homem poderia ter, sem perigo e sem riscos, a cobiçada sensação de comandar nos elementos como um semideus. À ideia de toda a gente andar lá por cima com a tranquilidade de quem rola de elétrico,[2] o seu sorriso de

---

[2] Bonde. (N. E.)

gavroche[3] doutros tempos deu-lhe ao rosto a maliciosa e amarga expressão de quem ousa tocar num mistério sagrado e pueril. Sem riscos?... Sem perigo?... A ideia, que a princípio o fizera sorrir, trouxe-lhe agora à mente um mundo de coisas em que nunca pensara. Sem riscos?... Sem perigos?... Pôs-se em pé um salto. A frase, assim, nua e crua, revoltava-o. Num relance, abrangeu todo o alcance da sua obra, do seu esforço titânico, de tudo quanto tinha realizado. Ah, não! Isso não! Mas era uma cobardia, afinal, o que ele tinha feito, o que ele alcançara depois de dias e noites de um trabalho de gigante. O seu grande invento, donde tirara toda a sua soberba, onde filiara todos os seus cálculos de ambição e de glória, não passava, afinal, de uma má, de uma feia ação, de uma cobardia! Um aviador, um cavaleiro *sans peur et sans reproche*,[4] que toma posse do céu, que abre as asas gloriosas sem riscos, sem perigos, como um simples burguês que rola de elétrico cá por baixo?! Um aviador que não brinca, sorrindo, com o seu mau destino; que não vence com um piparote as horas más, as tirânicas forças da Natureza sempre em luta, terrível descobridora de desalentos; um aviador que não é senhor do céu, da terra e do mar, à força; que a não dobra como a cabeça vencida de uma amante rebelde entre os seus braços de aço; um aviador sem mascote, sem audácia, sem *panache*[5] — é lá um aviador!... Não passa de um soldado que deserta às primeiras balas!... Um aviador sem a sua companheira vestida de negro, touca de luto a seu lado, ao lado do seu peito, na carlinga?! A *Morte*!...

A esta ideia, um brando sorriso encheu-lhe novamente o rosto de claridade. Não! Ele não a amava... Ele não

---

[3] Moleque. (N. E.)
[4] "Sem medo e sem mácula." (N. E.)
[5] Adorno. (N. E.)

amava a Morte, não!... Mas era-lhe indispensável e doce como o mal da saudade, era-lhe precisa ali, a seu lado, a lutar com ele, enrolando sem descanso o fio da sua vida moça e ébria de audácia entre os seus dedos sem piedade. Era-lhe indispensável, precisava de lhe sentir o hálito gelado, de a sentir debruçada sobre o seu ombro, a arrastá-lo para longínquos e ignotos paises de aventura, onde seria bom, talvez, aportar um dia, nervos cansados, cabeça esvaída, braços pendentes na suprema paz dos supremos abandonos...

Dominado por uma invencível obsessão, de novo febril, ansioso, atravessou à pressa as ruas escuras, as ruas solitárias, caminho de casa. Galgou as escadas a quatro e quatro, empurrou a porta de repelão, entrou no quarto, deu volta ao comutador,[6] e o seu olhar foi cair imediatamente, instintivamente, sobre o grande envelope branco lacrado a vermelho vivo.

Abriu à janela de par em par sobre o bulício da rua, e então, serenamente, distraidamente, num ar de quem pensa noutra coisa, foi-se entretendo a lançar ao vento, como quem atira pétalas murchas, os pedaços rasgados dos preciosos papéis que horas antes lá encerrara, e que representavam o melhor do seu esforço, o fruto abençoado das suas febres, o triunfo das noites de vigília, as asas do seu sonho feérico, da sua dourada quimera perseguida e vencida!

Foi depois às peças do motor, meteu-as dentro de uma mala. Dar-lhes-ia destino ao outro dia; o fundo do mar talvez...

Feito isto, como um justiceiro em paz com a sua consciência, deitou-se e dormiu descansado, como havia muitas noites não dormia.

---

[6] Interruptor. (N. E.)

No dia seguinte de manhã, quando o avião sulcou de novo os ares como uma grande gaivota pairando sobre o rio, o aviador olhou para o lado, ao lado do seu peito, na carlinga, e sorriu à companheira invisível que não quisera expulsar.

> # AS ORAÇÕES DE
> SÓROR MARIA DA PUREZA

No mundo, era branca e loira; tinha quinze anos e chamava-se Maria. Morava numa grande casa cor-de-rosa que dia e noite espreitava para a estrada, através da espessa folhagem das frondosas tílias de um jardim. Mariazinha, branca e loira, tinha um namorado, e já havia um ano que lhe tinham dado licença para falar com ele às grades do jardim da sua casa cor-de-rosa. Já havia um ano. E a Mariazinha pouco mais era ainda que um bebê! Como o ano tinha passado depressa! E que estranho ano aquele, sem inverno! Mariazinha nunca vira um ano assim, um ano que só tivera noites, trezentas e sessenta e cinco noites de setembro, tépidas, cariciosas, luarentas. Dos dias não se lembrava, e inverno não teve com certeza. Floriram as azáleas, por acaso?... As magnólias da grande avenida cobriram o chão de neve, porventura? O velho jardineiro diz que sim. Mas que sabem os velhos jardineiros destes anos estranhos, só com noites de setembro?!

Mariazinha lembrava-se muito bem; era todas as noites a mesma coisa: o cascalho dos arruamentos a reluzir, como se alguma fada caprichosa tivesse andado por ali a atirar às mãos cheias punhados de pequeninos sóis; as grades do jardim, ao fundo, onde se enlaçava a vinha virgem de folhagem de rubis que a mãe mandara arrancar mais de cem vezes, e que voltara sempre, não sabiam donde, não sabiam como, a enlaçar as grades em mil inflexíveis abraços, que nem a morte podia quebrar.

E as beladonas! Tantas! Havia-as em todos os canteiros. Brotavam da terra, misteriosas e perfumadas, vestidas de seda cor-de-rosa, aqui e ali, por toda parte, às vezes até nas ruas do jardim! Nas ruas... que escândalo! — comentava o gesto brutal do velho jardineiro, arrancando-as e atirando-as para o lado sem piedade. Coitadinhas!... Tantas! Sem uma folha: a haste direita e o palmito ao alto! Toda a seiva se desentranhou em cor e perfume. Elas, todas, apenas são corola e alma! E as beladonas, toda a gente sabe, só brotam da terra, misteriosas e perfumadas, vestidas de seda-cor-de-rosa, em setembro. O ano tivera, pois, trezentas e sessenta e cinco noites de setembro.

Mariazinha lembrava-se muito bem: tantas! Parecia um milagre! O namorado até se ria de ver tantas, tantas, todas as noites mais, como se andassem por baixo do chão em qualquer misteriosa tarefa e surgissem à noite, à flor da terra, beberem o luar. "Qualquer dia nasce-te uma no peito, vai ver...", dizia ele a rir, encostado às grades onde a vinha virgem se enlaçava. Fora sempre setembro. Mariazinha lembrava-se muito bem...

Pois naquele ano, quando o namorado a via aparecer ao longe, no umbral da porta envidraçada, descer os degraus de mármore do terraço, surgir na grande avenida do jardim em direção às grades, muito branca, muito leve, quase imaterial, o seu desejo era cair de joelhos, como a uma aparição, e rezar. Mariazinha de quinze anos, quase um bebê, e já uma senhora! O oval alongado daquele rosto de madona, aquele olhar ingênuo de menina-donzela, os cabelos lisos, sem uma onda, a emoldurar-lhe de ouro a face branca, aquele seu ar refletido e tímido, todo aquele conjunto era de uma tal candura, de uma tal pureza que, ao vê-la, a primeira impressão de toda a gente era de piedade: "Meu Deus, não lhe façam mal! Não lhe toquem... olhem que a desfolham..."

O namorado, encostado às grades onde a vinha virgem se enlaçava, via-a vir e sorria, enlevado. Mariazinha de quinze anos, quase um bebê, e já uma senhora! Para os seus desiludidos trinta anos, ela era uma noiva-menina que Deus lhe dera para trazer ao colo. Via-a tão pura que não ousava estender a mão com medo que ela se esvaísse, via-a tão frágil que não se atrevia a tocar-lhe com receio que ela se esfolhasse... O seu cumprimento era, todas as noites, um sorriso. Mariazinha tão pura! Em vão o jardim voluptuoso multiplicava todas as suas seduções, desvendava todos os seus segredos, numa febre ansiosa de tentar; em vão espalhava na noite luarenta todas as suas joias, numa prodigalidade de avarento que, numa hora de demência, resolve atirar com todos os seus tesouros à rua; em vão queimava por ela todos os arômatas, em caçoulas de prata e urnas de cristal, no coração das flores. A vinha virgem agarrava-se com mais força, prendia mais os dedos, num espreguiçamento voluptuoso, lânguido e firme, doce e brutal, ao duro ferro das grades. O vento sacudia a cabeleira solta das árvores, que no escuro ondeavam como jubas de feras. Mariazinha sorria. A sua carne era como a carne das rosas, que mesmo aos beijos do sol fica fria. A rubra e ardente poesia da noite sensual fazia realçar ainda mais a límpida candura da virgem. O namorado, encostado às grades, dizia-lhe:

"Quando te vejo vir ao longe, tenho vontade de te rezar — Ave-Maria, cheia de graça —... Maria! Toda tu és luz e iluminas-me, toda tu és clarão e incendeias-me! Toda tu és expressão e alma imaterial; as tuas formas são espírito revestindo outro espírito, como um manto de rendas sobre um vestido de prata. O teu olhar é mais profundo que os teus olhos, a tua boca é mais pequenina que o teu riso. Tu não pousas os pés no chão, eu bem vejo como tu andas, Maria! Vens para mim, da escuridão da noite, num andor coberto de açucenas, como uma aparição, e as flores do jardim acorrem todas à tua passagem, recolhidas e graves, à beira do caminho, de mãos postas, rezando — Ave-Maria, cheia de graça —, como se passasse a procissão...!"

Mariazinha sorria calada, e o sorriso iluminava-a toda. Junto à grade, o vestido era uma opala a desmaiar.

"Não dizes nada? Por que te calas? Não há ninguém que nos ouça! E quem nos entenderia?! As minhas palavras só podem ungir os teus ouvidos, óleo santo que os teus sentidos recolhem como um orvalho do céu. Gosto tanto de ti! O meu amor já veio comigo quando eu nasci, entrou-me no peito como uma pomba e lá fez o ninho! Na minha boca andou sempre o teu sorriso, nos meus olhos, o teu olhar, e foram os teus pés, maravilhosas flores de brancura, que traçaram as pétalas o caminho para eu vir ter contigo. Andei anos a procurar-te e achei-te! Procurar-te era achar-te já. Estavas comigo em espírito que se fez carne para me salvar! Maria!"

Mariazinha cruzava as mãos brancas no peito, num gesto brando, magoado e tímido; parecia uma andorinha que, ao cair da noite, no beiral onde tem o ninho, recolhe as asas, apaziguada e contente. "Por que te calas? Não dizes nada? Fecha os olhos como uma criancinha que quer dormir. Deixa-te estar assim, meu amor! Indigno sacrário que recolhe os teus gestos de beleza, só de joelhos devia ver-te sonhar. Indigno pecador, como foi que te mereci?! Para te pagar as horas inefáveis que das tuas mãos recebo, as horas de paz que deixas cair sobre o mundo, toda a minha alma em preces, de joelhos, de mãos postas, não é bastante, Maria! Por ti deixar-me-ia crucificar, as chagas das minhas mãos seriam purificadas pela fímbria do teu vestido. Estas grades de ferro defendem-te do hálito de toda a minha impureza, como grades de prata que encerram, longínqua e puríssima, uma Virgem da minha terra. Não me atrevo a tocar-te: as minhas mãos seriam queimadas como as de um sacrílego. Para dizer as letras do teu nome, como quem passa as contas de um rosário, confesso primeiro os meus pecados, para não blasfemar, Maria! Por que te calas? Tens medo da noite, meu Amor?"

Mariazinha mexia os lábios como quem murmura, mas não dizia nada. As mãozitas dobravam-se-lhe no regaço, como hastes que têm sede ao ardor do sol do meio-dia.

E todas as noites fora assim. Mariazinha lembrava-se muito bem. Todas as noites daquele ano em que não houvera inverno, o namorado, encostado às grades, rezara a litania da sua puríssima paixão.

Mas um dia vieram dizer-lhe que ele tinha morrido. Morreu... pronto! Morreu. Foi só isto, Mariazinha. E depois? Depois... disseram-lhe, para a consolar, que ele tinha morrido como um herói, o corpo envolto na couraça, a cabeça cingida no elmo dos modernos cavaleiros andantes; que tinha o túmulo que merecera a sua grande alma ousada; que era preciso sacrificar, de vez em quando, o mais alto, o mais digno, para aplacar as cegas cóleras da Natureza a quem penetram os mistérios; que a bendita semente do exemplo era precisa no mundo, para não se colher só joio. Disseram-lhe ainda que a Pátria apareceria mais alta, tendo por pedestal o cadáver de um herói; que o seu audacioso e impávido coração de trinta anos era mais precioso imóvel e silencioso; que as suas fortes mãos de lutador, que domara e vencera os elementos e as forças más da natureza, eram mais fortes na morte.

Mariazinha não percebeu nem tampouco disse nada. Encerrada em si mesma como num cofre selado, foi um túmulo fechado e mudo, onde as revoltas e os gritos, as censuras e as carícias iam despedaçar-se em vão.

A noite viam-na vaguear, horas e horas, sozinha, pelas ruas do jardim, sem se voltar, sem um gesto, sem um olhar de interesse pelas coisas que não via. Aproximava-se depois da grade onde a vinha virgem, com os seus braços teimosos, continuava a enlaçar os duros varões de ferro, e ali ficava horas esquecidas, pequenina estátua de mármore sobre um mausoléu, perdida num sonho que não era da Terra. Viam-na voltar mais frágil, mais embaciada, de uma palidez quase etérea. Instintivamente, procuravam-se-lhe as asas no seu corpito de ave, que parecia ensaiar um voo. Os seus olhos tinham um olhar tão doce, tão desprendido das coisas deste mundo que, sem querer, a gente procurava o sítio onde ela iria pousar.

O pai e a mãe inquietaram-se, por fim. Interrogaram-na e com lágrimas e súplicas pediram-lhe que falasse, que dissesse o que tinha, o que queria, o que queria que eles lhe dessem, que eles lhe fizessem para a prender na Terra. Tudo lhe fariam, tudo lhe dariam. Que ela pedisse tudo. Estavam prontos a fazer por ela todos os sacrifícios.

Foi então que a Mariazinha, noiva-menina de um noivo morto, disse, pediu o que queria: queria ir para um convento.

"Isso não! Isso nunca!" clamaram os pais, numa revolta de toda a sua alma. Fora então para isso que a mãe a trouxera nas suas entranhas, que a alimentara aos seus peitos, que a embalara nos braços tantos anos! Fora então para isso que o pai lhe amparara os primeiros passos, que lhe arrancara do caminho todos os espinhos para ela passar! "Isso não! Isso nunca!"

Passaram dias, meses, passaram dois anos. O rosto miudinho era uma pétala de camélia, todo o corpito de ave um flocozinho de neve. Continuava a ir à grade, onde ficava horas e horas a sorrir, de olhos baixos, com as mãos a tremer, num enleio de amor que não era deste mundo.

Um dia, vendo-a morrer assim aos poucos, os pais cederam de repente. Mariazinha, quando soube, chorou pela primeira vez e, encarando a mãe, com as lágrimas a correrem-lhe em fio pelas faces, balbuciou: "Coitadinha!"

Escolheram um convento de Toledo, onde a regra não era muito apertada nem muito severa. A mãe até tinha medo de a ver morrer no caminho. Levaram-na como quem acompanha uma filha morta ao túmulo onde há de ficar. E ela, perdida novamente na sua extática imobilidade de figurinha de cera, atravessou os fartos vales portugueses, os desolados campos de Castela, sem parecer ver nada à sua volta.

Chegou a Toledo numa manhã de chuva. A cidade, monástica e triste, parada na evolução dos séculos, tão curiosa com as suas ruas estreitas e tortuosas, os seus arcos, as suas escadinhas, o seu ar severo de monja, não lhe mereceu um olhar. Não a viu.

Ao separar-se da mãe, horas depois, repetiu apenas, a chorar, a mesma palavra que lhe viera aos lábios naquele dia em que soubera que entraria no convento: "Coitadinha!"

Quando as grandes portas se cerraram, pesadas e tristes, por detrás do vulto doloroso da mãe, Mariazinha, noiva-menina de um noivo morto, olhou em volta e sorriu.

Todo o tempo que durou o seu noviciado, foi a mais obediente, a mais submissa de todas. As mestras não tinham palavras para lhe elogiar a doçura, a docilidade; e era tão profunda a paz que em seu redor irradiava, que a própria superiora, severa e ríspida, esboçava um eflúvio de sorriso quando a via passar, branca e frágil, pelos longos corredores escuros. Foi como se num sombrio convento de Toledo tivesse entrado, pela primeira vez, um raio de sol de Portugal.

E a Mariazinha passava os dias a sorrir e a murmurar, às vezes, umas palavras sem nexo, uma estranha toada de oração que ninguém entendia. Na cerca, gostava de se sentar num banco, sob um dossel de vinha virgem que há muitos anos se abraçava ao tronco carcomido de uma acácia velha. Contemplava-lhe as folhas, joias cravejadas de rubis, os dedos que se crispavam no tronco musgoso... e sorria enlevada, pendendo as mãos no regaço.

E assim passaram longos meses, e chegou o dia em que a Mariazinha professou. Sob o hábito, que lhe ficava tão bem como um vestido de noivado, tinha estranhas parecenças com uma Nossa Senhora do convento, que, numa capelinha cheia de luz à direita do altar-mor, sorria a um menino que lhe estendia os braços.

Nessa noite, quando a Mariazinha entrou na solidão da sua cela branca e nua, quando se deitou na dura enxerga que devia ser até a morte o seu fofo leito de penas, quando a Mariazinha adormeceu, acordou Sóror Maria da Pureza.

Sóror Maria da Pureza parecia-se com a Mariazinha, com a noiva-menina de um noivo morto, como duas gotas de água caídas da mesma fonte, como dois raios de sol tombados na mesma flor, mas não era ela. Não, não era ela...

Pelos claustros, onde se ouvia sempre o gorjeio de um veiozinho de água que se perdia numa moita de lírios roxos no jardim abandonado, Sóror Maria da Pureza sorria e falava.

As outras monjas ouviam-na, ficavam-se enlevadas a escutar:

"Por que me calo?", dizia ela. "Ave-Maria, cheia de graça... Se a minha luz te ilumina, se o meu clarão te incendeia, tu és o sol que reflete em mim. As minhas formas criadas, assim imateriais, para que revestissem um espírito onde tu és amor e adoração, como um manto de rendas sobre um vestido de prata. Quando eu passo, as flores acorrem todas à beira do caminho, recolhidas e graves, de mãos postas, a incensar-me, para que eu seja toda pureza ao aproximar-me de ti. Ave-Maria, cheia de graça!"

Começou a correr com insistência no convento, entre freiras e as educandas, que Sóror Maria da Pureza compunha orações mais lindas, mais fervorosas que as orações de Santa Teresa. Todas as monjas corriam a ouvi-la, quando no seu banco, onde a vinha virgem se enlaçava ao tronco carcomido de uma acácia que já não dava flores, balbuciava, sorrindo, com as diáfanas mãos em cruz no peito:

"Sim, as tuas palavras só eu as posso entender, só pode ungir os meus ouvidos, óleo santo que os meus sentidos recolhem como um orvalho do céu. Amo-te e adoro-te. Quando nasci, também já nasceste comigo; foram os teus divinos passos, que eu ouvi quando fui ao teu encontro, que traçaram no chão esse caminho de flores. Se me encontraste, foi porque eu te procurava, porque os meus braços em cruz se estendiam para a tua presença. Já estava contigo em espírito, espírito eleito, essência perfeita e invisível que se fez carne para me salvar!"

As monjas decoravam as palavras que andavam já de boca em boca, que as mestras ensinavam às educandas, que eram rezadas por todas, aos pés dos altares, com o maior fervor devoção.

"Indigna pecadora, como foi que eu te mereci?! Indigno sacrário, onde misericordiosamente deixas cair o mel das tuas palavras de amor! Toda a minha alma em preces, de joelhos, de mãos postas, não é bastante para te pagar o bem que sobre mim desce das tuas mãos abertas, a altura a que me elevas, o êxtase em que vivo a esperar-te. Bendito sejas! Por ti, deixar-me-ia crucificar, o sangue das minhas chagas beijá-lo-ia, para resgatar os meus pecados. Não tenho medo de noite, meu Amor: a noite é que traz no seu manto estrelado. Não me atrevo a estender para ti as minhas mãos, teria receio de me queimar ao fogo abrasador do teu divino amor por mim. Tenho medo de blasfemar quando passam pelos meus lábios, como as contas de um rosário, as letras do teu nome; tenho medo de as não ungir com todo o fervor da minha devoção."

No convento, cada vez se dizia com mais insistência que Sóror Maria da Pureza era santa. Tinha êxtases e visões. Mal pousava os pés no chão, não comia, não se deitava. De noite, estendia os braços em cruz, e sorria. O velho capelão curvava-se reverente quando ela passava, quase imaterial, pelos corredores escuros. Tinha o andar balouçado e sereno de quem caminha num andor em procissão. Resplandecia. Parecia feita de luz. Uma das pequeninas dizia ter visto a velha acácia que já não dava flores deixar cair pétalas no chão, aos pés da vinha virgem, uma tarde em que Sóror Maria da Pureza lá rezara uma oração.

E no plácido silêncio dos claustros, onde o gorjeio do veiozinho de água continuava a afagar os lírios roxos, no coro onde os vitrais transformavam, como alquimistas, o sol em pedras preciosas, na cerca cheia de murmúrios e risos de passarinhos, na igreja onde a Nossa Senhora da capelinha cheia de luz continuava, dia e noite, a sorrir ao menino que lhe estendia os braços, no banco, sob o dossel da vinha virgem, por toda parte, enfim, Sóror Maria da Pureza, indiferente a tudo, cada vez mais exangue, mais frágil, mais luminosa, continuava a rezar as suas orações, orações que andavam de boca em boca e que eram mais lindas e mais fervorosas que as de Santa Teresa.

Orações de amor, sacrílegas, blasfemas orações de pecado, a um noivo morto, rezadas num convento de Toledo, aos pés dos altares, por bocas puras, que estranhas orações de pecado!...

De pecado?... Não... que Sóror Clara das Cinco Chagas, a severa e ríspida superiora, ao ouvi-las rezar um dia por uma das pequeninas na capela do Sagrado Coração, dissera suavemente, erguendo os olhos ao céu:

"Sagrado Coração do Senhor, ouvi-a!"

O SOBRENATURAL

Naquela noite de inverno, num dos acanhados mas confortáveis gabinetezinhos do clube, eram seis a festejar uma data, uma data memorável e festiva que nenhum dos seis sabia ao certo qual era: três rapazes e três raparigas, destas a que o mundo, numa amarga e prazenteira ironia, costuma alcunhar de "vida fácil".

Os rapazes eram três oficiais de marinha, três primeiros-tenentes. O mais velho, Castro Franco, um belo espécimen de estoura-vergas, que andava na vida sempre como se andasse embarcado: à mercê das ondas. Inteligentíssimo e muito culto, cheio de originalidade e de uma graça à parte, tinha na sociedade a má reputação que, não sei como, costumam fazer-se os seres verdadeiramente inteligentes e bons. Uns diziam que era um bêbedo, alguns, morfinômano, outros, devasso; os mais benevolentes chamavam-lhe maluco. Ele ria-se e deixava correr. A propósito da sua má reputação, citava muitas vezes o conhecido provérbio árabe: *os cães ladram... a caravana passa*. E a caravana lá ia passando, por vezes no meio de latidos infernais. O outro, Paulo Freitas, rapaz elegante, loiro, sempre de monóculo, um grande amigo de Castro Franco, de quem era a sombra, quer de dia, quer de noite. Rapaz ordenado, metódico, prático, passava tormentos e gastava torrentes de saliva na missão que se propusera de fazer entrar o outro no bom caminho, como ele dizia. Inútil saliva e vãos tormentos! Castro Franco desnorteava-o; sempre vário, pitoresco, fantasista, só era imutável em três coisas: na variedade, no pitoresco e na fantasia. Não tinha horas de comer nem de dormir, não sabia o valor do dinheiro nem do tempo; deitava, às mãos cheias, numa suprema e inútil prodigalidade, pela janela fora, o primeiro e o segundo. Era o castigo das ordenanças que andavam sempre atrás dele, à procura dele, a lembrar-lhe tudo, a puxar-lhe pela casaca a toda hora. O outro, um belo rapaz moreno e forte, tipo peninsular, com uns soberbos olhos claros, cheios de profundeza e doçura, Mário de Meneses.

No gabinete, pequenino como um beliche, quente do fumo dos cigarros, do ardor das luzes e dos corpos, ninguém se entendia; falavam todos a um tempo, numa discussão que ameaça eternizar-se.

Tinham acabado de cear. As garrafas de Porto entravam e por muito, com graves e pesadas responsabilidades, na exaltação e no impetuoso entusiasmo da discussão. A voz de duas das raparigas elevava-se, aguda e penetrante, acima do troar da voz deles, como o ruído que numa estrada beira-mar produzem as rodas de um carro de bois.

Só a *Gatita Blanca* não dizia nada. A *Gatita Blanca*, vestida, como sempre, de duras sedas brancas, fixava os olhos verdes, oblíquos e semicerrados como os dos felinos, nas volutas azuladas do fumo do cigarro que tinha entre os dedos. Era o orgulho dos clubes onde se dignava aparecer, e o encanto e a loucura dos *habitués*. Viera ninguém sabia donde. Falava o espanhol na perfeição, o francês e o inglês sem o mais leve defeito de pronúncia. Aparecera em Lisboa um belo dia, sozinha. Os raros amantes que lhe tinham conhecido eram escolhidos por ela, selecionados com requinte de gosto extraordinário, entre os mais belos rapazes da sociedade.

Todos exatamente o mesmo tipo de beleza masculina: rostos enérgicos, faces duras e secas, perfis de medalhas antigas, frontes onde o buril do pensamento e da ação traçara os vincos imperecíveis que, na carne, são rastos de coisas mortas que foram sonhadas e vividas.

O clã indígena tecera logo as mais variadas lendas a seu respeito. Foi sucessivamente filha de um duque, de um grande de Espanha, intratável e severo, a quem fugira uma noite de inverno, na companhia de um mísero estudante plebeu a quem amava; uma freira belga fugida do seu convento de Bruges; uma princesa russa, talvez (quem sabe?...) a própria princesa Anastácia, a própria filha do czar da Rússia... As fantasias deitaram-se à obra, e ei-las numa azáfama, digna de melhor objetivo, a bordar sem cessar as mais belas flores quiméricas na trama do aborrecimento e da banalidade alfacinhas. Puseram-lhe o nome de *Gatita Blanca* por andar sempre vestida de duras sedas brancas e ter os olhos verdes, oblíquos e semicerrados dos felinos. A *Gatita Blanca* sabia tudo, compreendia tudo, embora falasse pouco; na inquietadora imobilidade das suas atitudes, tinha realmente um não sei quê, um vago ar de mistério que inquietava e dispunha mal.

A discussão eternizava-se. Mário de Meneses, irritado, nervoso, acendia os cigarros uns nos outros, mas não bebia. Os camaradas e as duas raparigas, cálices após cálices, iam esgotando as garrafas. Era mais pastosa, mais aveludada a voz deles; mais melodiosa, menos aguda a das mulheres. Uma delas, estendida no divã, fazia já uns vagos gestos de bebê que se ajeita para dormir; a outra, com a cabeça encostada à mesa, metia os caracóis loiros num prato cheio de restos de perdiz.

A *Gatita Blanca* fumava sempre, sem uma palavra. Castro Franco, já bêbedo, queria, à viva força, que lhe dissessem o que era um burguês. Teimava, praguejava, insistia, largava a discussão, parecia ceder, para passados momentos voltar à mesma, numa obsessão de bêbedo, numa teima que nada fazia remover, que ninguém fazia calar. Queria por força saber o que era um burguês.

— Mas, afinal, vocês não me dizem o que é um burguês?

— É todo homem que tem dinheiro — disse a rapariga do divã, num ar sonolento, enfastiado, de quem quer fechar uma conversa que já lhe não interessa.

— Nada disso — respondeu Castro Franco, levando a mão ao bolso. — Eu tenho aqui dinheiro... Olha, é verdade! Tenho! — prosseguiu num ar admirativo de satisfação. — Eu tenho aqui dinheiro e... não sou um burguês.

— Um burguês é um homem que tem sono às nove horas da noite — proferiu a outra rapariga.

— Também não é. Quando estou três noites sem me deitar, tenho sempre sono às nove horas da noite. Às duas da madrugada é que me passa... — rematou Castro Franco, muito sério.

— *Je suis un affreux bourgeois*[1] — gaguejou Paulo Freitas, sorvendo o seu décimo cálice de Porto.

Castro Franco voltou a cabeça para ele, e com um profundo desdém:

— Nem bêbedo é original, este animal.

— Rima — respondeu o outro, num ar de grande seriedade.

Foi então que, pela primeira vez naquela noite, se ouviu numa frase seguida, a voz da *Gatita Blanca*:

— Um burguês é todo homem que, ao menos uma vez na sua vida, tenha tido medo. *Medo* — repetiu, sublinhando a palavra —, não "susto". A vossa negregada língua tem tais sutilezas...

— Essa serve. A *Gatita Blanca* falou e falou bem — pontificou Castro Franco, muito solenemente, com a cabeça direita e o dedo muito espetado.

— *Je suis un affreux bourgeois* — disse pela segunda vez Paulo de Freitas.

---

[1] "Eu sou um horrível burguês." (N. E.)

Ninguém se dignou responder àquela gloriosa evocação de Vautel.

Mário de Meneses, mais aborrecido, mais irritado, a face torturada de tiques nervosos, acendeu o último cigarro, que deixou ficar em cima da mesa, levantou-se, dirigiu-se para a janela, onde ficou de pé a tamborilar com as pontas dos dedos nos vidros, onde a chuva traçava misteriosos sinais cabalísticos.

Toda a noite estivera maldisposto, sem saber por quê. Ficara assim logo que entrara e dera com os olhos naquela mulher, que não conhecia, que apenas entrevira na véspera à porta do clube onde um amigo comum os tinha apresentado um ao outro. Não sabia a que atribuir aquele estranho mal-estar que o desnorteava, que o alheava de tudo, a ele, de ordinário tão senhor de si, tão calmo e tão equilibrado. Parecia-lhe por vezes que já a tinha visto, que a conhecera mesmo intimamente, que a amara, talvez... e ao mesmo tempo, ao ouvir-lhe a voz, nas rápidas palavras que com ela trocara, obtivera a certeza, a irrefutável certeza que nunca a tinha encontrado. Mas nesse caso, donde provinha aquele singular nervosismo, de que longínquos e estranhos mundos lhe vinha aquela estranha sensação, penetrante e bizarra, de já visto, de já conhecido? Agora, enquanto os dedos lhe continuavam maquinalmente a tamborilar, na vidraça que dava para a chuvosa noite de dezembro, aquelas notas pueris dolorosas do minueto de Boccherini que toda a noite lhe marulhara na cabeça, ouvia vagamente, como num sonho, eco da discussão que se avivara subitamente, mais exaltada mais acesa do que nunca. Afinal, que lhe importava a ele quem era, donde vinha e para onde ia aquela misteriosa cabotina?! Valia bem a pena estar a quebrar a cabeça! Tinha conhecido tantas! Sob tantos céus diferentes, em tantas terras que os seus pés vagabundos tinham pisado! Era evidente que não valia a pena cansar-se na resolução daquela charada, procurar em que dia, em que ano, em que segundo, aquela revolta cabeça frisada se lhe encostara ao peito, na rápida e frágil embriaguez dos seus prazeres de homem, em que porto do mundo aqueles olhos verdes, oblíquos semicerrados como os dos felinos, o tinham fitado assim... assim...

Voltou-se. Os olhos da mulher estavam fixos nele, num olhar parado que o arrepiou.

Onde, mas onde vira ele, onde sentira ele aqueles olhos?!

A voz dela, que se elevou naquele mesmo segundo, interpelando-o, não lhe trouxe à ideia nenhuma voz ouvida.

— Então, Meneses, você não nos diz se já algum dia teve medo?...

Não, tinha a certeza, a irrefutável certeza que nunca em dias de sua vida ouvira aquela voz. Aquele tom grave, sereno, aquela inflexão arrastada, um pouco cantante, não respondia a nenhuma recordação, a nenhum eco do seu passado.

Deixou a janela, onde o frio, a chuva e a escuridão carregavam como um exército, vinham impetuosamente esmagar--se, num último assalto, de encontro a uma invencível fortaleza de luz e calor. Sentou-se e numa súbita intuição, como um relâmpago que rapidamente lhe iluminasse a vida inteira, de repente, lembrou-se.

— Já tive medo.

Castro Franco endireitou-se no divã, e olhou-o com surpresa.

— Confesso humildemente que sou um *affreux bourgeois*, como diz ali o Paulo — repetiu Mário de Meneses, num sorriso fugitivo que mais parecia um esgar.

A mulher, que tinha a cabeça encostada à mesa, levantou-a e olhou para ele com um olhar de incredulidade... A *Gatita Blanca* sorriu.

Mário de Meneses pousou o cotovelo em cima da mesa, encostou à mão a bela cabeça morena onde brilhavam inúmeros fios de prata, e começou:

"Tinha eu vinte e quatro anos e era guarda-marinha. Namorava naquele tempo uma rapariga que trazia a minha crédula mocidade presa ao encanto dos seus sorrisos e das suas levianas criancices. Essa rapariga era de Lisboa, morava aqui, mas, um belo dia, em pleno inverno, por um capricho dos vários que lhe eram habituais, resolveu ir passar as férias do Natal com uma amiga que habitava uma quinta, um solar muito antigo, ali para os lados de Queluz. E lá foi, no dia vinte e dois de dezembro.

"Eu, aborrecido, irritado pela malfadada ideia, recusei-me peremptoriamente a ir vê-la. Mas, no dia vinte e quatro à tarde, sozinho, sem família, neurastênico, pus-me a evocar outros Natais, outros remotos Natais na minha província distante! Ah! O poder evocador de certas tardes, de certos momentos! A casa onde outrora, naquela noite, ardia na chaminé branca de neve o grande madeiro de azinho! Ouvi distintamente a voz longínqua e cansada de uma avó velhinha que, num crepúsculo cinzento de inverno, fechava a porta que dava para o quintal, dizendo: "vai cerrar-se a noite em água", enquanto o riso de minha irmã ecoava na sala de jantar, onde punham a mesa para a consoada. "Vai cerrar-se a noite em água." E, àquela frase, o madeiro de azinho crepitava mais alegremente na chaminé, o meu infantil egoísmo achava que era mais doce a sua luz e mais vivo o seu calor. Haveria chuva, frio e vento lá fora, pelos caminhos, mas depois da missa do galo haveria ali dentro, à chaminé, o madeiro de azinho a crepitar, e a meada de ouro e prata dos belos contos de fadas, que a avó sabia, desenrolar-se-ia numa milagrosa abundância, horas a fio.

"Vozes queridas, vozes apagadas e mortas, como eu vos ouvi naquela tarde de dezembro!

"Era tal a minha tristeza e tão grande o meu desânimo que resolvi ir à quinta ao tal solar, ver a rapariga. Assim fiz. Cheguei já bastante tarde. Escurecia. O sítio era lúgubre uma cova úmida e frondosa que, à luz daquele crepúsculo naquele estado de espírito, me pareceu sinistra. Ao fundo, mesmo ao fundo, a casa enorme de pedra escura, cercada de árvores enormes. Uma avenida muito comprida ia dar mesmo ao grande pátio, fechado por um amplo portão de ferro que uns molossos de granito, roídos de musgo, encimavam.

"O homem que me acompanhava, bisonho e triste, não me disse uma palavra desde a estação até a casa, que me mostrou com um gesto. A minha opressão, o meu mal-estar eram cada vez maiores. Lembrava-me viver um conto de Dickens. Tive vontade de voltar para trás, de correr até à estação, meter-me num comboio, e voltar para Lisboa, mas lá consegui dominar-me e entrei. Felizmente, os donos do solar não o habitavam. A entrada fazia-se por ali, mas, do solar, apenas se atravessava um jardim, que na escuridão me pareceu enorme, com grandes ruas ladeadas de murtas altíssimas, quase da minha altura. Aqui e ali, vultos brancos de estátuas em atitudes que me pareceram ameaçadoras; por toda parte me apareciam, transformados em Fúrias, cabeças de Medusa, Saturnos devorando os filhos, monstros horríveis de faces contorcionadas — inofensivos mármores que, provavelmente, às claras horas do dia, ostentariam as castas forma de Diana ou os voluptuosos espreguiçamentos de Ledas, com cisne ou sem cisne. Dei um suspiro de alívio ao sair do labirinto das murtas e ao dar com os olhos na casa para onde um capricho tinha levado, em pleno inverno, a minha caprichosa namorada."

Mário de Meneses fez uma pausa, bebeu uma gota de Porto do seu cálice intacto e, evitando fixar os olhos verdes da *Gatita Blanca*, que sentia, pesados e insistentes, fixos nele, prosseguiu:

"Foi agradável o jantar; o serão, esplêndido. Conversou-se, dançou-se animadamente, e lembro-me até que, por vezes, a minha namorada tocou para mim, magistralmente o pueril e doloroso minueto de Boccherini.

"Chovia quando me encontrei novamente no sinistro jardim das murtas. Já não havia nenhum comboio para Lisboa. As conveniências, não permitindo que um rapaz de vinte e quatro anos dormisse debaixo do mesmo teto que abrigava os virginais sonhos da sua namorada, as mesmas conveniências pregavam comigo impiedosamente no solar, onde ia passar o resto daquela noite.

"Meus Natais, meus remotos Natais, cheios do riso traquinas da minha irmã e da voz longínqua e cansada da minha avó velhinha... 'vai cerrar-se a noite em água...' onde é que eles iam, onde estavam eles?!

"Deixaram-me no meu quarto. Era uma hora da noite. Estava só, só naquele casarão enorme, no fundo daquela cova sinistra. Pareceu-me estar enterrado vivo, e sem esperanças de sair dali, de ver algum dia a luz do sol. Num grande esforço de vontade, encolhi os ombros e consegui expulsar as ideias sombrias. A chuva tinha parado; em compensação, o vento redobrava de violência, gemia, assobiava, cantarolava, rugia. Nunca ouvi um vento assim. Encostei-me a uma das janelas desconjuntadas que o vento abanava furiosamente, e olhei. A noite não estava muito escura: via as árvores, lá fora, dobrarem-se quase até o chão; pareciam supliciados, a quem mão impiedosa fustigasse, pedindo misericórdia. Arranquei-me àquele espetáculo, que não tinha nada de folgazão, e resolvi-me a passar revista aos meus domínios.

"O quarto era enorme. A vela que me tinha deixado acesa, ardendo só de um lado, dava uma luzinha que o vento, entrando pelas largas frinchas das janelas, fazia dançar, ameaçando apagá-la de vez. A cama, no alto de um estrado, parecia um catafalco. Os reposteiros de damasco, de que já nem se conhecia a cor, roídos pelos ratos, pendiam lamentavelmente em frangalhos. O teto, que a luz da vela não iluminava, perdia-se em trevas profundas e insondáveis. Num recanto, entre a cama e a parede, uma escada com a balaustrada de madeira trabalhada, que descia não sei para que tenebrosos abismos. Resolvi ir ver. Queria dormir descansado. Com a vela na mão, desci meia dúzia de degraus e achei-me numa grande sala, igual à primeira, mas toda de pedra, sem porta, nem janela, nem fresta. Uma casamata de fortaleza. Tomei a subir, abanei as duas grandes portas de carvalho maciço, tranquei o melhor que me foi possível as duas janelas, deitei-me e apaguei a luz. Dei uma volta na cama, aconcheguei os cobertores, que a noite estava fria, e preparei-me para adormecer."

Mário de Meneses calou-se e circunvagou pelo gabinete um olhar estranho, um olhar de sonâmbulo, que se cruzou com a lâmina de aço de um olhar esverdeado que o fitava ardentemente.

As duas raparigas estavam agora sentadas no divã baixinho e, muito chegadas uma à outra, estreitamente enlaçadas, com os olhos muito abertos, olhavam vagamente adiante de si. Paulo Freitas dormitava encostado à parede, com o monóculo irrepreensivelmente entalado na pálpebra. Castro Franco continuava a beber, imperturbável.

"Quando principiava a dormir", prosseguiu, "naquele rápido instante de bem-estar que ainda não é sono, mas que também já não é vigília, acordei bruscamente, sobressaltado. Eu estava absolutamente tranquilo, encontrava-me na plena posse das minhas faculdades intelectuais, não estava obcecado por nenhuma ideia, e não tinha medo, ainda não tinha medo...

"Ouvi fortes pancadas numa das maciças portas de carvalho; um arrepio percorreu-me todo, da cabeça aos pés. Tateei, debaixo do travesseiro, a caixa dos fósforos, sentei-me na cama, e peguei na arma que à cautela tinha deixado à cabeceira. As pancadas cessaram, e então, na solidão da casa enorme, ouvi, ouvi distintamente, naquele mesmo instante, um sussurro de sedas no meio do quarto e uns passinhos leves, muito leves, correndo pela sala... frr...frr...

"Confesso que tive medo. Dei um grito. Os passos cessaram. Passou um bocado. O meu coração abalava-me desesperadamente as paredes do peito. Eu continuava com a mão enclavinhada na pistola. Arrepiado, risquei um fósforo; acendi a vela. O quarto enorme e escuro... Ninguém...

"O vento continuava a uivar na noite de dezembro a sua trágica sinfonia. Levantei-me e percorri o quarto todo; ergui os frangalhos dos reposteiros roídos; não houve recanto que não esquadrinhasse; bati as paredes: tudo pedra! As portas, inabaláveis; as janelas, intactas como as tinha deixado. Desci à casamata: nada! Tornei a subir e deitei-me. Os meus nervos eram como cordas de uma lira onde o pavor pousasse os dedos.

"Esperei nas trevas... frr... frr... o mesmo ramalhar de sedas... os mesmos passinhos leves... frr... frr... de um lado para o outro no quarto...

"De que estranhos mundos viriam, para me povoarem solidão do quarto naquela noite de Natal, aqueles estranhos passos?... Que alma envolveriam aquelas duras sedas a ramalhar?...

"E, toda a noite, os mesmos passos leves, na mesma correria ...frr... frr...

Mário de Meneses, a voz entrecortada pela emoção, calou-se. Fez-se um pesado silêncio, que ninguém rompeu. Instantes depois, em voz mais firme, prosseguiu:

"De manhã, mal rompeu a aurora, corri para a estação sem me despedir de ninguém, e só respirei em Lisboa. Tive medo."

A chuva continuava a fustigar implacavelmente as vidraças. A noite, transida de frio, espreitava para dentro e queria entrar, a aquecer-se, quem sabe?... Soaram buzinas de autos na avenida deserta.

Mário de Meneses calou-se de vez, levantou-se e foi até ao divã, erguer, num gesto muito doce, uma cabeça loira que, na inconsciência do sono, resvalara quase até ao chão. Todos os outros dormiam também.

Mário de Meneses, então, sentindo, inflexível, o olhar verde fito nele, cravou por sua vez os olhos, altivamente, no olhar da mulher de branco. Ela endireitou-se, num brusco sobressalto de rins como um jaguar, pousou o cigarro e, nuns passinhos leves, muito leves, as duras sedas brancas ramalhando... frr... frr... dirigiu-se para ele. Imóvel, o coração opresso, esperou, quase sem respirar. A mulher passou-lhe os braços nus, braços frios de estátua, em volta do pescoço e, num súbito gesto de quem vai morder, esmagou a boca de encontro à sua boca, num grande beijo de amor.

Quanto tempo durou aquele beijo? Quanto tempo passou depois? Uma hora? Um segundo?... Mário de Meneses nunca o soube dizer. O tempo não é de todos os mundos; o sobrenatural não tem lógica nem limites.

Quando os dois rapazes acordaram, o cigarro perfumado acabava de se consumir no cinzeiro de cristal.

Paulo Freitas, espreguiçando-se, bocejando a ponto de quase desarticular os queixos, com o irrepreensível monóculo entalado na pálpebra, foi acordar com um beijo uma das raparigas. Castro Franco fez o mesmo à outra, depois de escorripichar um último cálice de Porto.

A *Gatita Blanca*, os olhos esverdeados semicerrados, a boca entreaberta num misterioso sorriso, esperava.

Então, Mário de Meneses, perante o olhar atônito dos dois camaradas e o assombro das raparigas, abriu a porta de repente e desapareceu...

E nunca se soube, nunca talvez se saberá a razão por que um homem desdenhara desassombradamente o seu invejado direito, cobiçado por uma cidade inteira, de se deitar, naquele resto de noite, entre os linhos e as rendas do suntuoso leito da bela e misteriosa *Gatita Blanca*.